チートなタブレットを持って快適異世界生活 5

ちびすけ
CHIBISUKE

Illustration
ヤミーゴ

リーク
植物を操るSランク冒険者。
ケントの料理の腕に
惚れこみ、慕うようになる。
ライ
中級ダンジョンで
出会った雷を使う
使役獣。
ケント
異世界に迷い込んで
しまった本編主人公。
タブレットに搭載された
便利アプリに助けられ、
異世界生活を楽しむ。
ハーネ
風魔法を得意とする
蛇系の魔獣で、
ケントの使役獣。
CHARACTERS
登場人物紹介

ラグラー
一見チャラいが
実は頼れる、お兄さん的
存在な「暁」の一員。
ミリスティア
ケントがよく訪れる
冒険者ギルドの受付嬢。
実は、高い戦闘能力を
持っている。
ナディー
デレルの従妹で、
妖精国の王女。
とても明るく、
人懐っこい。
デレル
ケントの友人で、
魔法薬師協会のトップ。
魔獣が苦手だったが、
最近克服しつつある。

デレル君からの招待状

僕、山崎健斗《やまざきけんと》はある日突然、気が付くと異世界にいた。

どうしたものかと途方に暮れたが、なぜか持っていたタブレットに入っていた、様々なアプリのおかげで快適に過ごせそうだということが判明する。

冒険者となった僕は、Bランクの冒険者パーティ『暁《あかつき》』に加入して、使役獣《しえきじゅう》を手に入れたり、魔法薬師《まほうくすし》の資格をゲットしたりと、楽しく過ごしていた。

つい最近は、暁のメンバーのクルゥ君の頼みで、相棒となる使役獣を一緒に探しに行き、『クリディナンディー』という鷲《わし》に似た魔獣を仲間に迎えることが出来た。

魔法薬師の師匠であるグレイシスさんと一緒に受けた依頼では、かつて『龍《りゅう》の息吹《いぶき》』というパーティで一緒だったことのあるカオツさんと再会する。

依頼中、グレイシスさんの魔力が暴走し、彼女の正体が魔族だということも判明したけど、カオツさんの協力で、無事に魔力の暴走を解決出来た。

そしてカオツさんはというと、暁のリーダーであるフェリスさんの策に嵌《は》められ、僕達のパーティに入ることになったんだ。

それから少し経ち、僕のもとには『今年度の最優秀魔法薬師と認められたケント・ヤマザキ氏を、妖精族の国へ招待する』という手紙が、友人で魔法薬師協会会長の妖精族、デレル君から届いたのだった。


朝、目を覚ました僕は、早速グレイシスさんに会いに行くために跳び起きる。

そして昨晩デレル君から送られてきた一通の手紙を握り、部屋を出ると、暁のパーティハウスにあるグレイシスさんの部屋へと向かった。

同じ魔法薬師である彼女ならこの手紙について知っているんじゃないかと思ったからだ。

本当は、昨日手紙を見た時すぐに聞きたかったけど、さすがに夜遅くにグレイシスさんのところに行くのもなぁと思い、翌日に回すことにしたのだった。

グレイシスさんの部屋の前に着き扉をノックするが、返事がない。

「あれ？　部屋にいると思ったんだけどな」

少し待っても物音もしなかったので、諦めてその場を後にする。

もしかするとフェリスさんの執務室《しつむしつ》にいるのかな、とそっちも確認したんだけど……誰もいなかった。

「下にいるのかな？」

階段を下りて居間に入ったところで、グレイシスさんを見つけた。

テーブルに座ってフェリスさんと一緒にお茶を飲みながら談笑《だんしょう》しているところであった。

二階から降りて来た僕に気付いたフェリスさんが、一旦グレイシスさんとの会話を切ってこっちに声をかけてくれる。

「あれ、ケント君。どうしたの？」

「ちょっとグレイシスさんにお話ししたいことがありまして……」

「え、私？」

僕がそう言うと、名前を呼ばれたグレイシスさんが驚いた顔で振り向く。

たぶん自分に用があると思っていなかったのだろう。

座っている二人の側に行き、僕は手に持っていた手紙をテーブルの上に置いた。

「実は、魔法薬師協会から妖精国への招待状が届いたんです」

「あら、懐かしいわね～」

僕の説明にフェリスさんが目を細めた。

懐かしい？　なにがだろう？　と首を傾《かし》げていると、フェリスさんが教えてくれた。

「何年も前にグレイシスが魔法薬師になった時も、同じ内容の手紙がきたのよ」

なるほど、だから懐かしいと言ったのか。

僕が納得していると、グレイシスさんが嬉しそうな顔を浮かべた。

「私が弟子にするほどの子なんだもの。当然の結果ね」

フフン、と自分のことのように喜んでくれるグレイシスさんを見て、心が温まる。

「グレイシスさんも最優秀魔法薬師に選ばれたことがあるんですね！　あの……それじゃあ、妖精族の国にも行ったことがあるんですか？」

「え、ないわよ？」

僕が興味津々《きょうみしんしん》でそう聞くが、グレイシスさんは首を横に振った。

「私の時は、国への招待じゃなくて魔法薬師がプランを組んだ旅行みたいなものだったかしら。確か名前は『魔法薬師協会会長お勧め！　上級ダンジョン最奥《さいおう》にしかない稀少な魔法薬の素材を一週間取り放題ツアー』だったわね」

「それは……凄い企画ですね」

なんでも、五人のSランク以上の冒険者に護衛されながら、普通なら絶対入れないようなダンジョンの最奥層を探索するものだったらしい。

協会で買おうとすると小さな種一つでさえウン百万円……いや、ウン百万レンもするような素材が取り放題で、しかもSランク冒険者の護衛代やら費用やらは、全て無料とのこと。

「あれは良かったわ〜」

その時を思い返してしみじみと言うグレイシスさんの横で、フェリスさんが口を開いた。

「妖精の国への招待だなんて、ケント君がデレルの友人だからってのもありそうね」

「え、そうなんですか？」

「妖精族って社交性はある方なんだけど、他部族を自国へ招き入れることは滅多にないのよ。長く生きているエルフの私だって、まだ二回しか入ったことがないんだから」

ちょっとフェリスさんの年齢が気になるも、それは聞いちゃいけないと本能が叫んでいたので、違うことを聞いてみることにする。

「どんな感じの種族なんですか？」

「そうね～。見た目は私達エルフとそんな変わりがないかな。ただ、どんなものでもすっごく派手なのが好きかしら」

「そうなんですか？」

「デレルや協会の副会長のリーゼの格好を思い出してくれたらいいと思うんだけど、全身に装飾《そうしょく》品《ひん》がジャラジャラ飾り付けてあるじゃない？　あれをさらに増やした感じかしら。それに、あの二人は人間の国にいるのが長いから服装もまだ大人しめだけど、妖精族の国にいる人達は……なんていうか大胆ね」

フェリスさんの言葉を聞いても、いまいちピンとこなかったが、僕はひとまずふむふむ、と頷《うなず》いた。

そして、僕とフェリスさんの会話が切れたころで、頬杖《ほおづえ》をつきながら手紙を見ていたグレイシスさんが口を開く。

「詳しく読んだけど、妖精の国に一週間滞在出来るみたいね。行く日は今日から一ヶ月後。あ……

それに、下に小さな文字で『三人までなら同伴者可』って書いてあるわ」

「ホントですか？　じゃあ、フェリスさんとグレイシスさん、一緒に行きませんか？」

僕は師匠であるグレイシスさんと、それにパーティリーダーのフェリスさんなら安心だという気持ちでそう提案する。

しかし、二人ともちょっと残念そうな表情を浮かべ、首を横に振った。

「ごめんね、ちょっと最近忙しくて」

そう言うグレイシスさんから詳しい話を聞いたら、大量の魔法薬の依頼が何件か入ったとのことだった。

これから素材を取りにダンジョンに行き、調合して全ての依頼人に納品するまで、短く見積もっても一ヶ月以上はかかるので行けないそうだ。

まぁ、そういうことならしょうがないですよね。

では、もう一人のフェリスさんはどうしてかと言うと……

「ごめんねぇ～。私の場合は、妖精族の国には出入り禁止になってて……」

頭をかきながら、アハハと笑うフェリスさん。

僕は出禁という衝撃の理由を聞かされ、唖然《あぜん》としてしまう。

さすがにグレイシスさんもそれは知らなかったらしく、苦笑して尋ねる。

「いったい何をやらかしたらそんなことになるのよ」

「黙秘権を行使するわ」

僕とグレイシスさんはニコニコと笑うフェリスさんを見た後、二人で視線を合わせて頷く。

――もうこの話はしないことにしよう。

僕達が共通認識を持ったところで、フェリスさんは僕に笑顔を向けた。

「妖精国に行くまでまだ時間もあるし、そんなに緊張しなくても大丈夫よ」

最後に、妖精国に行く時に必要な持ち物や国内でのルールはデレル君に聞けばいい、というアドバイスをもらい、心のメモ帳に書き留める。

すると、僕達の話が落ち着いたタイミングでクルゥ君が二階から降りてきた。

そして、俺の顔を見るなり声をかけてくる。

「ケント、これから町に行くんだけど一緒に行かない？」

「うん、行こう！」

僕は返事をしてから、フェリスさんとグレイシスさんに相談にのってくれたことへの感謝を述べて、その場を離れたのだった。


「クルゥ君お待たせ。それで、なにか買いたいものとかあったの？」

早速僕は買い物の予定をクルゥ君に尋ねる。

「幻惑《げんわく》系の毒を持つ魔草が多く生息するダンジョンに今度行こうと思っているんだけど……魔法薬

を使う以外にも何か対策をした方がいいかな～と思って、防具屋にそういうのを無効化出来る装備があるか見ようと思ってるんだ」

「確かに、魔法薬がなくなった時のことも考えて、いろいろと備えた方がいいかもね」

「でしょ？　それと、最近美味しい果物ジュース屋さんが出来たって聞いたから、そこも行ってみたいんだ！」

「おっ、いいね！」

僕とクルゥ君がそんなことを話しながら玄関を出ると、外で走り込みをしていたらしいカオツさんがちょうど帰って来たところだった。

「あ、カオツさんお帰りなさい」

「お帰り～」

「あぁ……お前達はこれからどこか行くのか？」

「うん、ケントと一緒に町で買い物しよっかなって。装備を見たり、話題の果物ジュースを飲みに行ったりする予定なんだけど……よければカオツも一緒に行かない？」

クルゥ君はそう言って、カオツさんを誘う。

走り込みをした後だというのに汗一つかいていないカオツさんは、心底興味がなさそうな顔をしながら口を開く。

「あ？　俺は別にそういうのは飲まな――」

「まぁまぁ、そう言わずに！　カオツも一緒に行こうって」

「や、だから俺は……」

「そうですよカオツさん、三人で一緒に行きましょう」

クルゥ君に続いて僕がそう言うと、カオツさんは溜息《ためいき》を一つ吐《つ》く。

「………はぁ、分かった」

そして、僕達の後ろをのそのそと付いて来てくれた。

僕とクルゥ君が最近になって気付いたことだが、カオツさんは意外と押しに弱い。

特に子供である僕やクルゥ君のお願いは、嫌そうな顔をしながらもちゃんと聞いてくれる。

そのことに気付いたクルゥ君は、町へ行く時やダンジョンで何か必要な物を手に入れたいと思った時に、よくカオツさんに声をかけるようになった。

カオツさんもすでに何度か同じパターンで誘われていることを覚えているため、諦めが以前より早い。

三人で話しながら歩いていると、あっという間に町に着いた。

ちなみに、今は僕とクルゥ君とカオツさんだけで、僕達の使役獣達は一緒に来ていない。

僕の使役獣達とクルゥ君の使役獣とでダンジョンに遊びに行っているのだ。

皆けっこう仲が良いんだよね。

町は今日もたくさんの人達で賑《にぎ》わっていた。

人混みを避けて歩きながら、僕はクルゥ君へと顔を向ける。

「クルゥ君、そういえば果物ジュース屋さんってどこにあるの？」

「えっとね、噴水の近くで露店《ろてん》を開いてるって聞いたんだけど……あぁ、あそこだ！」

クルゥ君が指さす方向へ僕とカオツさんが顔を向ければ、凄い長蛇の列が出来ている露店が目に入った。

その列を見た瞬間、カオツさんは嫌そうな顔をする。

「金は渡すからお前らだけで行ってこい」

そしてカオツさんは懐から三千レンを取り出して僕達に渡し、すたすたと近くにある木陰《こかげ》のベンチへ向かって行ってしまった。

「「ありがとうございます！」」

離れていく後ろ姿に向かってお礼を言い、僕とクルゥ君で列に並ぶ。

「カオツさん、太っ腹だね！」

「だね」

ある程度の時間が経ってから、ようやく店員さんの前に立ち、メニューを見る。

店員さんの前にはたくさんのフルーツが並べられていて、どれにしようか悩んでしまった。

聞けば単品でもいいし、いろんな種類を混ぜたミックスジュースも作ってくれるらしい。

「じゃあボクはリゴのジュースで！　ケントはどうする？」

「ん～、店員さんのおススメがあればそれでお願いします」

「あ、カオツのはどうしようか？」

「カオツさんって意外と甘いのが好きだから、チーゴのジュースでもいいんじゃないかな？」

「そうだね、それでいこう！　店員さん、あとチーゴのジュースもお願い」

「あいよっ、ちょっと待っててておくれ」

シロクマの獣人で、ふっくらした見た目のおばちゃんは僕達にニカッと笑って、三つ用意したグラスの中に氷と果物を入れていく。

ちなみにリゴはリンゴのような、チーゴはイチゴのような果物だ。僕のは柑橘系《かんきつけい》のミックスジュースだった。

そしておばちゃんがグラスの上に手を翳《かざ》すと、グラスの中で氷と果物がまるでミキサーにかけられているかのようにグルグルと回る。

「「おぉ！　凄い！」」

目を輝かせて見ている僕達の姿に、シロクマのおばちゃんが笑った。

「これを見たくてウチの店に何度も来るお客さんが多いんだよ」

どうやらこの作り方は、ここのウリだそうだ。周辺で出している飲み物系のお店では、このおばちゃんしか今のところ出来ないらしい。

少量の水の魔法と風魔法を使って、グラスを傷付けず、さらに中身を零《こぼ》さずに中で綺麗に混ぜ合わせるのは結構難しく、かなり繊細《せんさい》な作り方なのだそうだ。

おばちゃんはストローを入れた後、大きな体を屈ませながら僕達に手渡してくれた。

「はいよ、お待たせしました」

出来上がったジュースが入ったグラスを手に持てば、凄くキンキンに冷えている。見た目も美味しそうだ。

グラスを受け取った後、お礼を言いながらおばちゃんにお金を渡す。

「ありがとうございまーす」

「ありがとうございます」

「はいよ、また来ておくれ！」

僕達がカオツさんの元に向かうと、カオツさんは先ほどのベンチに座っていた。

「お待たせしました。そしてご馳走さまです」

「ごちそうさまー！」

そう言いながら、カオツさんを挟むように両隣に座る僕とクルゥ君。

一瞬ベンチの端に動こうとしていたカオツさんは、居心地悪そうな顔をするも、そのまま何も言わずに足を組み直す。

余ったお金を返しながらチーゴのジュースを手渡すと、そのままズゴゴゴッと音を立てながら、無言で飲み始めた。

表情には出ていないが、勢いよく飲んでいるところを見るに、お気に召したようだ。

「ねぇ、そういえばさ……」

しばらく皆で無言になって飲んでいると、クルゥ君が突然口を開いた。

視線をクルゥ君に向ければ、ストローから口を離したクルゥ君がカオツさんを見ていた。

「今まで聞きそびれてきたんだけどさ、カオツって……龍の息吹の時、なんでケントのことをすっごく嫌ってたの？」

カオツさんの本心

僕はクルゥ君のドストレートな質問のせいで、飲んでいたジュースを鼻から出しそうになった。

ズキズキと痛む鼻を押さえながらクルゥ君の顔を見ると、クルゥ君は真剣そうな表情で話を続ける。

「けっこう前にグレイシスとケントの三人で、町で買い物した時だったかな……？　そこでバッタリ出会ったカオツが、戦えないケントのことを馬鹿にしてたじゃん。どうしてあんな態度をとったのか気になってさ」

カオツさんは、ストローに口を付けてチューッとジュースを飲み直すクルゥ君を一瞥《いちべつ》すると、フンッと鼻を鳴らした。

「別に、こいつ自身のことは……そこまで嫌いってほどでもなかった」

そう言ってカオツさんは肩を竦《すく》める。

えっ、そうだったんですか⁉

僕が心の中でそう叫んでいると、カオツさんはチラリと噴水の方へ顔を向ける。

そして、噴水の近くでパンくずのようなものを鳥に与えている五歳くらいの男の子を見ながら、僕達に問いかけた。

「あそこに子供がいるだろ？」

あの男の子がどうしたのかと思い、僕とクルゥ君が首を傾げていると、カオツさんは僕達に問いかける。

「もしあの子供が俺達と一緒にダンジョンに行きたいって言ったら……どうする？」

もちろん、答えはＮＯですね。

あんな武器を持ったこともないような小さな子供を連れてダンジョンに行くなんて、想像しただけでぞわっとする。

たとえ弱い魔獣しかいない初級ダンジョンの入り口付近に行くだけだとしても、かなり危険だ。

「連れて行かない」

クルゥ君が先にボソッと答えた。

「僕も連れて行けないと断りますね」

僕達の答えを聞いた後、カオツさんは再び問いかける。

「荷物持ち……雑用としてでもいいから行きたいって言ったら？」

僕達は揃って首を横に振った。

「その理由は？」

カオツさんに促されるまま、クルゥ君と僕は連れていけないと考える理由を並べていく。

「だって、仮に初級ダンジョンだとしても稀《まれ》に強い魔獣が出てくる時だってあるし……戦い方を知らないってことは、自分の身を護《まも》るすべだって知らないわけだからね」

「僕達がどんなにその子の安全に注意していても、酷い怪我を負うことだってありますし――あっ」

クルゥ君の言葉に同意しながら、そこまで言ったところで、僕はハッとなった。

これ、まんま僕のことを言ってない？

「今言ったこと、以前のお前に全部聞かせてやりてぇよ」

バッとカオツさんを見ると、カオツさんは頭をかいていた。

「はっきり言って、龍の息吹にいた頃のお前は、あの子供と同じようなものだったんだよ。まぁ、五歳児ではなかったが……一度も剣を握ったこともない、危機感の足りないガキだった」

「……………」

「俺は最初から雑用係なんて反対だったんだ。確かに、身の回りのことをやってくれる奴がいれ

ば助かりはする。だが、これからAランクを目指すパーティに戦闘力がゼロの奴が来ても、足手まといになることは分かっていた。それに戦闘中なにかあれば、そいつを護りつつ戦わなければならなくなる。簡単な魔獣を相手にしてる時ならいいが、自分達よりも強い魔獣が相手の場合はどうなる？　そいつを庇《かば》いながら戦ってなんとかなるか？」

「それは……」

「無理かも……」

カオツさんの言葉に、僕とクルゥ君は俯《うつむ》いた。

そんな僕達に視線を向けながら、カオツさんは口を開く。

「確かに、俺はお前にキツイ態度や言葉を投げつけていた……それは認めるよ。だが、何度か兄さんやルルカ達が戦い方を教えようかと言っていたのに、自分は弱いし武器を持つのは怖いから、っていう感じで逃げてただろ」

そういえば龍の息吹にいた頃にリーダーのカルセシュさんをはじめ、何人かのメンバーから特訓を提案されたことがあったな。

あの時はメンバーを裏からサポート出来ることにやりがいを感じてたし、戦えなくてもいいなんて考えてたけど……

今思えば、いざという時の自衛手段を持っておけということだったのに、僕はそれを無視して、強力なパーティメンバーの存在に甘えていたのかもしれない。

「うぐっ」

図星をつかれて思わず呻《うめ》いてしまった僕の心を見透かすように、カオツさんは続けて言う。

「化物級に強ぇ兄さんや、あのうぜぇ取り巻き連中がいれば、お前は安全だっただろうが……常にあいつらがいる依頼があるわけじゃない。ようやくAランクになれたような奴らだけで受ける依頼に、お前のような奴がちょこちょこ付いていて歩いていても危険なだけだ」

「……ごもっともです」

シュンと項垂《うなだ》れながら僕がそう言った。

そんな僕の様子を見て、カオツさんはまたガシガシと頭をかく。

「グレイシスが、雑用も必要な仕事だ、美味いメシや綺麗に家の中を保ってくれるのは大切なことだと言ってはいたが……まぁ、そう言えるのは暁のメンバーが、BランクパーティなのにAランク以上の実力者が集まるやつらで、戦力的に不足していないからだ。普通のパーティならそんな余裕はないし、お前のような何も出来ない雑用係を逐一《ちくいち》気にかけて戦える奴は少ない」

だから俺は嫌だったんだ、と言わんばかりに、カオツさんは苦虫を噛《か》み潰《つぶ》したような顔をする。

「こいつが龍の息吹にあのままいたら、いつかぜってー大怪我してたと思うし、下手したらこの世にいなかっただろうな。だから俺ははじめから、雑用してくれる人間が必要なら、せめて冒険者でも何でもない普通の家政婦を雇えと兄さんに言っていたんだ」

カオツさんは、僕にとっても龍の息吹にとっても不幸にならないように考えて、僕を追い出す結論に至ったのだ。

クルゥ君も、僕と同じ考えに辿り着いたようで、にこやかな顔になった。

「そっか、カオツはケントのためを思って、嫌われる覚悟できつい言葉を投げつけてたんだね」

でも、カオツさんはそれを肯定することなく再び鼻を鳴らした。

「あ？　別にそんなつもりは一切なかったし、こんな奴に嫌われてもなんとも思わねーよ」

「え？」

「んん？」

クルゥ君も僕も、思っていた答えと違くて驚いてしまう。

「それに、冒険者のくせして武器を持つのは怖いみたいな甘ったれたことを言うから、早く出て行って欲しかっただけだ」

ポカンと口を開けたままの僕達に、カオツさんはそう言う。

その皮肉混じりのカオツさんらしい言葉は、僕を遠ざけようとした理由を全て知った今となっては、キツいだけのものには聞こえなくなっていた。

すると、クルゥ君が今度は僕に尋ねてきた。

「ケントはさぁ、カオツにあんな風に言われて、嫌じゃなかったの？」

うーん、と俺は頭を悩ませる。

「確かに、嫌みを言われていた時はキツかったし、苦手意識はあったかな」

でも……それは、あの時の僕がカルセシュさん達のおかげで、ダンジョン内で怖い思いを一度も経験したことがなかったからこその考えだ。

暁に入って弱い魔獣から強い魔獣まで幅広く戦闘を経験したが、冒険者とは死と隣り合わせの仕事だと分かった今、カオツさんがあんなに怒っていたことに納得出来ている部分もある。

そう思いながら、僕は言葉を続けた。

「でも色々経験を積んでからは、カオツさんの気持ちも少し分かるような気がしたから、今はそれほどでもないっていうか……」

僕がそう言えば、クルゥ君も確かにという表情で頷いたのだった。

そんな僕達の会話を聞き、カオツさんは口を挟んだ。

「あの時のお前は武器を持つことに恐怖心を抱いていたようだったから、絶対冒険者には向いてねぇと俺は思っていた。それに、そんなことなら冒険者自体やめちまえっ！　てイライラしてたな」

「確かに……あの時は、魔獣と戦うなんて絶対に無理だって決めつけてましたね」

「だから、お前が使役獣を持つBランク冒険者になったって聞いた時は、冗談だろって半信半疑だった……でも、この前一緒の依頼を受けて、本当に驚いた。剣もろくに握ってこなかったやつが、魔獣を倒すなんて、ってな。しかも、今評判の魔法薬師でもあるっていうんだ……ほんと、ありえねぇって感じだったよ」

そういえば、グレイシスさんとのダンジョン探索の前にも、カオツさんと別の依頼で一緒になったんだった。

そこで魔獣と戦っていた時は、詰めが甘いなんて怒られた気がするけど、内心では驚いてくれていたのか。

それにそこで判明したことだが、カオツさんは僕が作っていた魔法薬を、そのことを知らずに重宝していたお得意様だった……今では僕から直接買ってくれているんだけどね。

なんだかんだ言いつつも、ちゃんと僕の成長を認めてくれているから嬉しい。

そんなことを思いながら、ふとあることを思い出した。

「あの、カオツさん……どうしてリーダーのカルセシュさんから引き継いだ龍の息吹を解散させちゃったんですか？」

僕がそう聞けば、カオツさんは難しい顔をしながらジーッと僕の顔を見詰めた。

え？　急に顔を見るなんて……僕の顔になにか付いてますか？

頬をさすっていると、カオツさんは溜息を吐く。

「お前が持つ特殊能力に気付いた今だからこそ言えるが……お前が龍の息吹を抜けて少ししてから、ようやくAランクに合格した奴らが、徐々にボロを出すようになってきたんだ」

僕の料理には、食べると何らかの効果が現れるという能力がある。その力は、カオツさんが暁に入って以降、暁の皆には『レア特殊能力』という扱いで理解されるようになった。

でも龍の息吹にいた頃は、それほど付与効果はなかったはずだし、そもそも僕自身でさえほとんど気付いていなかったレベルだ。

「それって……」

僕が考えを言うより早く、カオツさんは話を続けた。

「龍の息吹には、あともう少しでAランクになれるっていう奴が多数在籍していたんだが……たぶん、お前の特殊能力が、あいつらのあとちょっとの部分を補っていたんだろうな。お前がいなくなって半年もしないうちに、元の実力に戻った」

その後も、カオツさんはその時の状況を丁寧に説明してくれる。

僕が予想していた通り、付与効果自体はそれほど大きくないし、ちょっとだけ能力を上げる程度のものだったらしい。

それでも、僕が抜けて少ししてから、皆が使っている武器や防具に変化が表れてきたそうだ。命中率が少し落ちるようになった弓矢、切れ味が若干落ちて錆《さ》びやすくなった剣や斧。今までは魔草に毒液を吹きかけられても穴が開かなかった装備も、あっさり穴が開くくらい脆《もろ》くなった。

さらに主力メンバーであるカルセシュさん達まで抜けてしまった。

「Aランクの依頼は、Bランクの依頼とは比べ物にならないくらい危険度が増す。そんな危険な依頼に、実力が伴っていない奴らが行けばどうなるか」

残った人達だけでAランクの依頼を受けても、徐々に失敗ばかりが目立つようになり、依頼の達成が困難になってきたらしい。

そこでカオツさんは、僕が来る以前から元々Aランクであった人達を除いた、Aランクになったばかりのメンバーを集めて、彼らを試すことにしたんだって。

具体的にはギルドで受けたAランク昇級試験と同じ内容の魔獣を倒すように課題を出した。

結果は誰一人として魔獣を全て倒すことが出来ず、全員不合格だった。

「それから、パーティ内で大小様々ないざこざが起きるようになってな。メンバー内の仲が険悪になると、ダンジョンでお互いの命を安心して預けることなんて出来ない。だから、いっそのこと龍の息吹を解散するか……ってなったんだ」

「そう……だったんですね」

龍の息吹に在籍していた時間はそんなに長くはなかったけど、それでもメンバーの皆とは少なからず交流があったから、そんな話を聞いて少しだけ寂しい気持ちになった。

ただ、別々にはなったけど今も皆頑張って冒険者をしているそうで、ホッと胸を撫で下ろす。

「はぁ……もうこの話はいいだろ」

そう言って、カオツさんがベンチから立ち上がり歩き出したので、僕達も慌ててその後を付いていく。

そしてクルゥ君が尋ねる。

「ねぇねぇ、カオツ、あともう一つ聞いてもいい？」

「あぁ……なんだよ」

嫌そうな顔をしながらも、ちゃんと僕やクルゥ君の話を聞いてくれるし、答えてくれる。

ほんと、良い人だよね。

「暁に入る切っかけって、ホントのところは何だったの？」

クルゥ君の興味津々な顔を見下ろしながら、カオツさんは溜息を吐く。

「それは、あの女に連れて来られたからだ。あの女は俺との出会いは偶然だと言っていたが……あれは絶対に待ち伏せをしていた！」

そう言うカオツさんの顔は引きつっていた。

よほど嫌な思い出のようだ。

「ケントのことで話があるって人の腕を突然掴《つか》んだかと思えば、近くの食堂に入って、いろんなことを根掘り葉掘り聞いてきた」

「へぇ～、どんな話をしたの？」

「今お前らにした話と全く同じことを話したな」

「ほぅほぅ……で、フェリスはどんな反応だった？」

「それは……」

遠いところを見詰めながら、カオツさんは話し出した。

◇　◇　◇

「あなた、カオツって言ったかしら……あまり褒められたやり方ではないけど、思っていたよりかなりまともな性格をしてるのね。それに、私達とはまた違った考え方も持っているし」

フェリスと名乗る女は、俺がケントについての話をひと通り話した後、何やら考え込みはじめた。

「だったらなんだって言うんだよ」

「……ふ～ん。ねぇ、どこのパーティにもまだ入っていないんだったらさ――ウチに入らない？」

突然の誘いに、俺は素《す》っ頓狂《とんきょう》な声を出してしまう。

「はぁっ⁉」

そんな俺にかまうことなく、フェリスは話を続けた。

「ウチのパーティ、どうしても子供達を甘やかしちゃう癖《くせ》がついちゃっててさ、なかなか厳しく指導出来ないのよね。その点、貴方ならあの子達をビシバシ鍛《きた》えてくれそうだし！」

「どうしたら今までのケントとの関わり方の話を聞いて、俺があんたのパーティに入ってガキの面倒を見るなんていう提案が出来るんだよ……ったく、そういうのなら他を当たってくれ！」

ケントのような戦えない冒険者がいても邪魔になるから、というような話をした後に、暁に加入させようと考える思考回路が分からない。

突き放すような言い方をしつつ、俺が座っていた椅子から立とうとしたら、腕を掴まれた。

華奢《きゃしゃ》で細い女の手だから、さっと振り解《ふほど》けると思ったが、力を入れても全然離れない。

こいつのどこにそんな力があるのか……見かけによらず怪力なのか？

フェリスは俺の腕を強く握ったまま、ニコニコと俺への勧誘を続ける。

「まぁまぁ、そう言わずに！　ウチに入ったら、天才料理人が作る美味しいご飯が毎日食べ放題だよ？」

「興味がない」

「私も入れて三人もいる魔法薬師に、効果抜群の魔法薬を超絶格安価格で作ってもらえるよ？」

「……普通に店で買えるだけの収入はある」

「エルフである私がいろんな国で手に入れた、通常ルートでは絶対に手に入らない稀少なお酒がたくさんあるわよ？」

「………………っ」

ここまで鋼の意思で拒否しようとしてきたが、さすがに気持ちが揺らいだ。

そんな俺の反応を見て、フェリスは微笑む。

「うふふふ。それに、私達からすると、あなたがいてくれたらウチにいる臆病な魔族ちゃんにとっても良い影響になると思うのよ。だから来てくれるとこっちとしても助かるなって……どう？」

あまりの押しの強さに根負けし、俺は座り直した。

とはいえ、こっちとしてもすんなり入ってやるつもりはない。

そう思い、俺は一つの条件を口にする。

「はぁ……あんたも、なかなかしつこいな。それに俺は、自分よりも弱い奴がリーダーになっているようなパーティに入るつもりはない」

そう俺が言った途端、女は今までと違う雰囲気の笑みを浮かべた。

「分かったわ。それじゃあ最後に私と腕相撲をしましょ？　それであなたが勝ったらスッパリ諦める……それでどう？」

その言葉と笑みに、もしかして俺はとんでもない相手に勝負を挑んでしまったんじゃ……と思うのだった。

◇　◇　◇

ひと通り話し終えると、カオツさんは深い溜息を吐いた。

腕相撲の結果は、一瞬のうちに負けたそうだ。

その後も納得出来ずに何回か勝負を挑んだけど全敗だったんだとか。

話を聞いていたクルゥ君が揶揄《からか》うように言う。

「でも腕を掴まれた時にビクともしなかったなら、腕力はそれなりにあるって分かったんじゃ……？」

「その時は不意をつかれた感じだったし、本気出して女に負けるとは思わないだろ……なんなんだよ、あの怪力ゴリラは」

「カオツ、それ本人の目の前で言ったらダメだよ？　フルボッコにされるから」

「うるせぇ」

不貞腐《ふてくさ》れたような顔で前を歩くカオツさんに、僕とクルゥ君は顔を見合わせるようにして笑ってしまう。

そんなカオツさんの横に並んで、僕は声をかけた。

「カオツさん、暁に入ってみてどうですか？」

「……そうだな、居心地は決して悪くない。なんであの実力を持っててAランクに昇格しないのか分からないがな。あいつらはそれ以上の力を持ってるだろうし……特にフェリスは兄貴と同じ匂いがする。たぶん、あいつは戦う時に半分の力も出してないはずだ」

「えっ、そうなの？」

「ほぇ～……フェリスさんって本当は凄い人なんですね」

僕達がそんな反応をすると、そんなことも分からないのかといった目で見られてしまった。

「それに、お前は気付いていないみたいだが……この前一緒に行ったダンジョンでグレイシスの魔力が暴走した時があっただろ？」

「え？　あぁ……確かにありましたね」

多分グレイシスさんが元の姿に戻る直前にいくつもの稲妻《いなずま》が迸《ほとばし》った時のことを言っているのだろう。

そういえば、あの時魔族の血を引いていたカオツさんが何ともなかったのはともかく、同じくらい近くにいた僕も無傷で済んだのは不思議なような……

僕の考えを察したカオツさんが答えてくれる。

「あれも多分、フェリスの力だ。お前、あいつから守護魔法か何かかけてもらわなかったか？」

その言葉に首を傾げていたところで、ふと、ある光景を思い出した。

確か、ダンジョンに行く前にフェリスさんが保険だと言ってビー玉みたいなようなものをくれた。不思議な呪文をフェリスさんが唱えたら、手のひらにあったビー玉が溶けるようにして皮膚に吸収されたんだよね。

そのことをカオツさんにそのまま説明すると、じっと見詰められた。

「ふーん……それのお陰で、お前は怪我もせずにいられたんだろうな。本当に、あいつはただのエルフってだけじゃなさそうだな……あぁ、それと剣の腕でいえばケルヴィンも相当強いんじゃないか？　まぁ、本気で手合わせをしたことがないから分からんが」

そしてこちらをちらりと見る。

「まぁ、お前ら二人を抜かしたら、Ａランクパーティに速攻でなれるだけの実力者がうちには揃っているな」

カオツさんはそう太鼓判《たいこばん》を押すのだった。

暁の皆って普段はダメダメな部分も多いけど、本当に凄い人達が揃っているんだな……と、嘘を言わないカオツさんの言葉を聞いて、僕は本気でそう思うのであった。

それからも三人で町の中を見て回り、クルゥ君お目当てのアイテムを探すべく、何箇所かお店を覗く。

あまり収穫はなかったけど、二時間くらい経った頃、カオツさんが僕達の買い物の付き合いに飽きだしてきたので、そろそろ家に帰るかということになった。

ただ、僕は魔法薬を調合するのに必要な素材があったことを思い出し、ギルドに寄ってから帰ると伝え、クルゥ君とカオツさんとはその場で別れるのだった。

不思議な依頼書

ギルドの前に辿り着き、扉を開ける。

本当は素材屋で購入してもいいんだけど、どうせなら依頼を通じて素材と報酬を手に入れた方が得だと思ったのだ。

「おぉ、今日もギルドは盛況《せいきょう》だね」

ギルドに入って依頼が張り付けられているボードに向かえば、たくさんの依頼が書かれた紙が張り付けられている。

いつもであれば、手前に張られている依頼を見て決めるんだけど、今日はそのエリアの依頼書が少ない。

ふと気になったのもあって、普段ならあまり見ない奥の方に張られている依頼書を見ることにした。

「A、A、S、A、S、A……うわぁ～、奥の方に張られている依頼って、ほとんどAかSランクしかないのか。凄いな」

とてもじゃないけど一人で受けられるようなものはなかった。

よく見れば、重なった依頼書の奥に張られているものほど、かなり危険な魔獣の討伐依頼らしく、依頼書の下には失敗回数も記入されている。

いろいろな依頼書を捲りながら見ていると、ふと一番下の端の方に、普通の依頼書とは違った小さな紙があるのに目が留まる。

「なんだろう、これ？」

ボードからその紙を剥がして手に取ってみる。

最強冒険者達と一緒に行く、上級ダンジョン『ロルドレック山脈の亡霊』への旅☆
※先着一名様のみ

これは一応依頼書……なのかな？

詳細は一切書かれていないし、突っ込みどころはたくさんあるけど、ちょっと気になる。

聞くだけならタダと思い、この依頼書をまずは受付に持って行く。

「こんにちは～」

「あら、ケント君！　今日は討伐依頼の受付でしたか？」

受付窓口に行くと、いつも僕の対応をしてくれるミリスティアさんが、ニコニコ顔で声をかけてきた。

「あ、実はこれなんですけど……」

「こっ、これはっ⁉」

僕が手渡した紙を見たミリスティアさんが、口に手を当てて驚いた表情をする。

え、その反応はどういったものなんでしょうか⁉

「……ケント君、ちょっとここでは詳しくお話出来ませんので、別室で詳細を説明させていただいてもいいでしょうか？」

「え？　あ、はい」

僕は改まった口調で話すミリスティアさんに驚く。

ミリスティアさんは隣にいた職員さんと一言二言何か話した後、受付から出てきた。

そして、僕は前を歩くミリスティアさんに付いて、建物の中を歩いて行く。

職員しか入れない通路を歩くだけでもドキドキしちゃって、意味もなくキョロキョロと辺りを見てしまう。

長い廊下を歩いた後に階段を上がり、ようやく目的の部屋に着いた。

「こちらの部屋です」

そう言われて部屋に入ると、一人の男性が僕を待っていた。

ミリスティアさんはその男性の後ろにスッと移動する。

淡い金色の長い髪と若葉色の瞳を持つ男性は、座っていた椅子から立ち上がるとニコリと笑いながら口を開く。

「初めまして、ケント・ヤマザキ君。私はここのギルドマスター、シーヘンズです」

柔らかな口調で喋るシーヘンズさんは、二十代前半ほどのひ弱そうな若者に見える。

言われなければ、ここの最高権力者であるギルマスとは気付けなさそうだ。

「よろしくお願いします！」

ピシッと挨拶をする僕に、手を顔の前でフリフリ振りながらシーヘンズさんは笑った。

「あはは、そんな畏《かしこ》まらなくてもいいんですよ」

そう言ってくれたんだけど……最高権力者の方を相手にそんなの無理です。

シーヘンズさんは僕に椅子に座るように勧めつつ、自らも向かい側の椅子に座った。

僕はありがたく腰かけた後、そろりとシーヘンズさんを見る。

視線に気付いた彼は、なぜか微笑みを返してくれた。

よく見れば、普通の人間よりも尖っている耳や、どことなくフェリスさんと似ている雰囲気がある。シーヘンズさんもエルフ族なのかもしれないな。

そんな風に思っていると、シーヘンズさんは後ろにいるミリスティアさんから紙を受け取り、僕をこの部屋に呼んだ経緯を説明してくれた。

話によると、どうやらこの紙は、ギルドが数年に一回依頼用の掲示板に紛れ込ませている普通の依頼書とは別の紙なんだって。

そして、この紙を持って受付に行くと、ギルマスであるシーヘンズさんがおススメする上級ダンジョンへ、ギルド職員と一緒に旅行へ行けるらしい。

通常の依頼と違うのは、ギルド職員の中でも戦闘力がずば抜けて高い数名が同行者となって、ダンジョン内を楽しく観光出来るように案内してくれる点だ。

しかも嬉しいことに、上級ダンジョンでしか獲れないような魔獣や魔草、そのダンジョンにしか自生していない植物など、いろんな物をお土産としてお持ち帰り出来る特典付きなんだとか。

こう聞くと、メリットしかない美味しい話だ。

「君はまだBランク冒険者ということなので、安全面を考慮して旅行に同行する者はSランク、またはそれに準ずる職員を付ける予定です」

「えっ、そんな凄い方を⁉」

「ふふふ。当ギルドでも滅多にいない、魔法薬師の資格――それも魔法薬師協会会長お墨付《すみつ》きのエメラルドまで持つ冒険者ですからね。丁重に護衛しなければ、こちらが怒られてしまいます。かすり傷一つつけないとお約束いたしますよ」

「ほぇ～」

まさかそんな好待遇を受けられるとは！　と驚いていたところで、コンコンとドアをノックする音が部屋に響いた。

ドアの方を振り向くと、廊下から二人の男女が部屋の中に入って来る。

一人はミリスティアさんと同じくよく受付で担当してくれている、長い黒髪が特徴的なアリシアさん。もう一人は男性で、あまり話したことはないんだけど、いつも眠そうな顔をしている若い職員さんだ。

部屋に入って来た二人がミリスティアさんの横に並び、何が始まるのかと思っていると……

「この三人が、今回の旅行でケント君に同行する職員です。受付の二人はケント君も知っていると思いますが、もう一人の職員はリークと言います」

リークさんは、金髪碧眼で長い髪を後ろに緩く結んでいて、王子様のような整った顔立ちだった。

シーヘンズさんに紹介された後、リークさんは僕の方に来て手を差し出す。

「よろしくお願いします、ケントさん」

「こちらこそ……お願いします」

僕はいきなり色んな情報が流れてきたことに戸惑いながら、握手した。

話を聞くと、リークさんとミリスティアさんがSランク冒険者であり、アリシアさんはもう少ししたらSランクになれるほどの実力者とのことだ。

まさかこんな身近に腕利きの冒険者が集まっているなんて思わなかった。

「そ、そんな凄い方がどうしてギルドの受付を……？」

思ったことがスルリと口から出てしまう。

そこで、この世界に来た頃に『カメラ』という撮った人物のステータスが分かるアプリでギルド職員を撮った時、全然ランクが見られない人が多かったのをふと思い出した。

あれも自分より遥かに上の冒険者だから、僕のアプリの力が働かなかったってことだったのかな。

シーヘンズさんは僕の質問にさらっと答えてくれる。

「あはは、ここにいる子達は、元々どこのパーティにも属していない、単独行動を好む子達でね……依頼を受けない時は暇《ひま》だって言うんで、こうしてギルド職員として働いてもらっているんだ。もちろん職員全員が高ランク保持者、と言うわけではないよ。戦闘経験が皆無《かいむ》の一般人もいるしね」

「あ、そうなんですね」

僕が三人を見ると、ミリスティアさんとアリシアさんがニッコリと笑いかけてくれた。

その雰囲気は、Sランクとは思えないほどのほほんとしたものだったけど、言われてみればどことなく歴戦の猛者《もさ》の風格を感じさせる。

人は見かけによらないな。

そんな風に考えていたら、シーヘンズさんは手をパンッと叩いた。

「それで、このダンジョンに行く日程だね……だいたい長くても一週間滞在の企画をしているんだけど、ケント君はいつ頃なら都合がいいとかあるかな？」

「あ、出来れば早めに行ければいいな〜と」

妖精族の国からの招待もあったし、あんまり遅いとそれと日程が被っちゃうからね。

「ふむ……皆は準備にどれだけ時間がかかるかな？」

シーヘンズさんが自分の後ろに立っている三人へと振り向いてそう聞くと、代表してミリスティアさんが口を開いた。

「準備は出来ているので、明日からでも行けますよ。ケント君の予定に合わせます」

「そ、そうですか……」

僕はそう言って、直近の予定を思い浮かべた。

ここ数日で、暁として何か依頼を受けている仕事はない。

問題は僕がいない間の食事の準備と妖精国に行くための用意、あとはお店に卸す魔法薬を作る時間が必要かな。全部合わせて三日くらい余裕は欲しい。

「あの、それでしたら三日後はどうでしょうか？」

僕がおずおずと提案すると、シーヘンズさんは頷《うなず》いてくれた。

「こちらは問題ありません。では、三日後のギルド受付開始時間に来てください」

「分かりました。よろしくお願いします！」

僕はそう元気に返事をして、ギルドから出る。

暁に戻る途中、僕は魔法薬の素材のことを忘れてたことに気付いた。

すっかり旅行のことを話し込んでしまって、頭から抜けてたなぁ。

「そんなに量もないし、今回はサクッとお店で買うか」

そう呟き、お店に入った僕は、素材をいくつか購入する。

店を出ると、再び暁の家に向かう道を歩く。

家に戻った後、僕は早速執務室に入り、フェリスさんにギルドであったことを話した。

ひと通り話し終えた後、フェリスさんは椅子から勢いよく立ち上がった。

「えっ⁉　ケント君、あの『ギルマスおススメ！　ギルド職員と行く快適ダンジョン旅行』に当たったの？」

フェリスさんはあの依頼書を見つけることで行ける旅行のことをそう呼んでいるのか。

「いえ、当たったと言うか……依頼書が張り付けられている掲示板の一番奥、それも隅っこの方に、依頼書とはまた違った紙があったので、それを持って受付に行ったんです」

フェリスさんは、力が抜けたようにそのままドカッと椅子に座り直すと、溜息を吐く。

「ケント君って……ほんと、いろいろと凄いわよね～。実はこれ、他の冒険者が見てもスルーしちゃうものなのよ」

「えっ、なんでですか？」

掲示板に依頼書とは全く違った紙が紛れ込んでいれば、悪戯《いたずら》かなにかかと思って無視してしまうのが普通だとフェリスさんは説明してくれた。

確かに、真面目な依頼の中にそんな紙が紛れてたら、そう思っちゃうのも仕方がないかもしれないよね。

「あとは……それ以前に、その紙にはある種の〝呪い《まじな》〟がかけられていて、Bランク未満の冒険者はこの紙を見付けることが出来ないようになってるの」

「え、なんでですか？」

「Sランク冒険者が付くといっても、上級ダンジョンに行くわけだからね。最低限の安全対策として、戦闘経験がほぼない冒険者は連れて行かないことにしてるんだって」

じゃあ僕が当たったのは冒険者ギルドにとっては本当に異例中の異例だったたんだな。

「へぇ～、そうなんですね……って……フェリスさん、なんでそんなに詳しいんですか？」

不思議に思ってそう聞けば、フェリスさんはあら、と口に手を当てた。

「あれ、言ってなかった？　私、ギルドマスターのシーヘンズとは長い付き合いなのよ」

フェリスさんの話によれば、シーヘンズさんとは小さい頃から一緒に育った幼馴染《おさななじみ》なんだとか。

フェリスさんが剣の修行をするために住んでいた森を出る時、シーヘンズさんも一緒に付いて来たんだって。

その頃を思い返すようにフェリスさんは色々と話してくれた。

「小さい頃のシーヘンズはどんくさくってね〜。いっつも私の後を泣きながら歩いてたのよ」

「ほぉ……」

「森を出てから別々に行動するまでの間、私が剣術やその他のこともいろいろと面倒を見てあげていたんだけど……まさかあのひ弱なシーヘンズがギルドマスターになるなんて、夢にも思わなかったわ」

「そうだったんですね！」

「それなのにさー、『僕はもう君が作る食事には付き合いきれない！』とかなんとか言い出したと思ったら、その日のうちにどっかに行っちゃって〜。薄情《はくじょう》な奴よね〜」

そう言ってフェリスさんは遠い目をした。

だけど、あの不思議物体Xとしか呼べない禍々《まがまが》しい物やクルゥ君にダークマターと言われるほどの料理を何年も食べさせられていたら、そういう反応になるのも無理はないだろう。

僕でもちょっとご遠慮《えんりょ》したいと思うし、フェリスさんには失礼かもしれないが、むしろ何年もアレを食べていたシーヘンズさんが偉いとさえ思ってしまった。

それから長い間別々に生きていたが、シーヘンズさんがギルドマスターになった頃からまた交流を持つことになり、今でもたまにお酒を飲んだり、いろんなことを話し合ったりしているらしい。

「まぁ、この旅行はシーヘンズの元で企画されているものだから、かなり安全だと思うわ」

「それなら、安心して行けます」

「ただ、ケント君はこの旅行の他に来月も妖精国に行くじゃない？　忙しいとか疲れたとかを理由に、魔法薬師としての仕事を疎《おろそ》かにしちゃダメよ？」

「はい！」

「その代わりケント君がいない間、掃除や料理なんかは私がちゃ〜んとやっといてあげるからね！家の中のことは気にせずにダンジョン旅行を楽しんできて！」

「あ……あははは、ありがとうございます」

掃除はいいとしても、料理は……皆が全力でフェリスさんを止める光景を簡単に想像出来てしまう。

以前カオツさんと二人の依頼で、長い間暁にいなかった時は食料不足になったこともあったし、作り置きの食事は多めに用意しよう。

僕はそう心に誓《ちか》って、フェリスさんの部屋を出るのだった。

新アプリ『合成』と『影渡り』

自室に戻ってきた僕は、収納機能付きの腕輪の中から必要な素材を取り出し、魔法薬の調合を始めた。

ダンジョン旅行に行く前に、まずはお店に卸す用の魔法薬を作っておこうと考えたのだ。

僕の名前が刻印された瓶に魔法薬が全て入ったことを確認してから、蓋《ふた》を閉めて専用の箱に詰める作業を黙々と続けていく。

パパッと作り終えた魔法薬は早めに納品しておこうと思い、僕は風羽蛇《かざはへび》のハーネに乗って空を移動し、町へ向かった。

スムーズに各店に届けた帰り道、僕はハーネの上に乗りながら腕輪からタブレットを取り出し、腕輪の中に入っている金額を確認することにする。

このタブレット、実は腕輪の中に入れていたお金の額もちゃんと表示されるようになっているのだ。

手持ちのお財布のお金以外は全て腕輪に入れているし、その金額はタブレットにある『貯金』という機能で確認出来るので、凄く楽だ。

ここ最近、魔法薬の売り上げがかなり好調で、お財布の中がかなり潤《うるお》っているので、いくらあるのかをこまめに確認するようにしている。

タブレットを見て、僕は感嘆《かんたん》の声を上げた。

「おぉ……自分で調合した魔法薬の売り上げも好調だけど、やっぱり帝国から入ってくる金額がとんでもないな……」

このお金は、先日からシェントルさん──暁のメンバーの一人であるラグラーさんのお兄さんが、僕が作る料理のレシピと引き換えに、ライセンス料として送ってくれるものなんだけど……その金額がとてつもなく大きい。

ちなみに、タブレットにある『貯金』の機能は元の世界の通帳と同じで、『年月日』『摘要《てきよう》』『支払い金額』『預かり金額』『差引残高』という項目がある。

どの魔法薬店からどの程度の金額が魔法薬師協会を通して入っているのか、それに帝国からいくら振り込まれているのかといったことが一発で分かるようになっているので、とても助かっている。

「う〜ん。お金がかなり貯まったな。これなら……新しいアプリを使えるようにして、レベルもある程度上げてみるか」

今使っているアプリのレベルを上げることもいいけど、出来ればいろんなものを使えるようになった方が、ダンジョンでいろいろと戦えるんじゃないか。

ただ、新しいアプリになればなるほど、アプリを使えるようにするにもレベルを上げるにも、高額になってきている。

　貯金がかなりあるからといって、ジャンジャン使っちゃえば、何かあった時に困るかもしれないので、慎重に使わなければ……

「ハーネ、悪いんだけど、ここからちょっと先の方で降ろしてくれる？」

《は～い！》

　僕はハーネにお願いして、人が周りにいないところで降りる。

《あるじ～、ちょっとおさんぽしてきてもい～い？》

「うん、いいよ。行っておいで」

《すぐもどってくるねー！》

　笑いながらハーネを見送った後、再びタブレットに目をやる。

「さてさて～、新しいアプリはどんなのかな？」

　そう呟きながら、まだはっきりと表示されていない『■■』となっているアプリが二つあったので、それらをタップする。

　すると、両方とも同じ内容が表示された。

【ロックの解除には５０００００ポイントが必要です。ロックを解除しますか？】

「ぬぁ！　やっぱり解除だけでかなり高額になってるじゃん……」

　解除だけでこんなに高いポイントが必要になってきたのか……これはレベルを上げるのも恐ろし

い金額がかかりそうだな。

そんなことを思いながら、画面の『はい』をタップする。


【新しいアプリが使用出来るようになりました】

【Ｎｅｗ！『影渡りLv１』】

【『影渡り』――影の中に身を隠したり、影の中を自由に移動したり出来るようになります】

【※Lv１ですと体の範囲の広さ程度の影にしか入れませんが、レベルが上がれば上がるほど範囲は広がり、影の大小関係なく中に入り自由に移動出来るようになります】

【※影の制限はありません。自分以外の人間の影の中にはもちろんのこと、魔獣や魔草、建物など、全ての影の中に入ることが可能です】


【Ｎｅｗ！『魔獣合成Lv１』】

【『魔獣合成』――魔獣の能力などを一時的に使用することが出来ます】

【※例えば、飛行系の魔獣の体の一部を合成することにより、使用者の背中に翼が出現し、飛ぶことが可能となります】

【※使用者自身以外にも、武器や防具などといったものにも合成が可能です】

【※Lv1の場合、合成時間は短く、使用出来る能力も一つですが、レベルを上げることによって時間が長くなり、使用出来る能力の数も増えていきます】

なんか、すっごいアプリがきたんじゃない!?

どうせすぐにレベルを上げることにするんだからと思い、とりあえずどちらもレベルを3まで上げておくことにした。

【※『影渡り　Lv3』にする為には、3800000ポイントが必要になります】

「高っ！　え、レベル3でそんなポイントが必要なの……？」

ビビりながらも『同意』を押す。

【Lvを上げますか？　はい／いいえ】

『はい』をタップする。

アプリに砂時計マークが出たのを見てから、続いて『魔獣合成』も上げることに。

【※『魔獣合成　Lv3』にする為には、4500000ポイントが必要になります】

「ほあぁぁっ!?　『影渡り』より『魔獣合成』の方がレベルを上げるためのポイントがめっちゃ高い。これは、かなり凄いアプリの登場なんじゃ……？」

いろんな意味でドキドキしながら『同意』を押す。

シェントルさんから入って来るお金がけっこうあるから、このくらいヘッチャラだいっ！

画面をタップする。

『魔獣合成』のレベルが上がるのを待っている間に、『影渡り』のレベルアップが完了したので、

「お、『影渡り』が使えるようになったな」

こちらもすかさず『はい』をタップした。

【Lvを上げますか？　はい／いいえ】

【※Lv3の『影渡り』では、使用者の手のひらサイズの小さな影から、半径200メートルほどの影であれば自由に出入りし、移動出来ます】

【※影の中には『影入り』と唱えると入れます。また、Lv3からは無詠唱でも入ることが可能です】

お知らせの表示を見ながら、僕はワクワクした。

「へぇ～、面白そう。じゃあ、ちょっとやってみようかな」

辺りをキョロキョロ見ていると、ちょうどいいところにハーネが帰って来た。

《あるじ～、たっだいまぁー！》

「おかえり――あっ、ハーネ、ちょっとそこで止まってくれる？」

僕が右手を上げてハーネにお願いすると、ハーネは不思議そうな顔をしながらも、その場にフヨ

フヨ浮きながら止まってくれた。

僕はハーネにお礼を言った後に、視線を自分の影に向ける。

影の中に入る、と思いながら右足で影を踏んだ瞬間、僕の全身がまるで水の中に入る感じで、沈んでいく。

《わぁっ⁉　あるじがきえちゃったぁー！》

影の中で閉じていた目を開けると、僕が立っていた辺りをハーネがグルグルと回っていた。

影というから周りは真っ暗で狭いと思っていたんだけど、まるで海の中に潜《もぐ》っているような感じだ。

ただ海の中に潜れば、上を見れば水面が光に反射して見えにくいけど、影の中ではそんなことはなく、まるで薄いガラスで隔《へだ》たれたようにハッキリと地上の様子が見える。

「ハーネ」

影の中から、僕は地上に向かって声をかけた。

《あれ？　あるじのこえがきこえる。どこ～？》

まるで泣きそうな声でハーネがそう言うものだから、ちょっと可哀想になってくる。

水の中から浮上するイメージをすると、簡単に影の中から出ることが出来た。

《あっ、あるじー！》

出てきた僕の周りを、安心したようにハーネがくるくる回る。

「ごめんごめん、ちょっと新しい能力を試していたところでさ」
《あたらしい、のうりょく？》
ハーネに『影渡り』のことを軽く伝えると、楽しそうな反応を示した。
《おもしろそ〜！》
せっかくだし、ちょっと実験に付き合ってもらおうかな？
「ハーネ、もう一回影の中に入るから、僕が影の中から聞いたことを答えてくれる？」
《まかせて！》
僕が影の中に入り顔を上に上げると、ハーネが興味津々といった目で僕の方を見下ろしている。
「ハーネ、僕が立っていた場所に、僕の影はある？」
そう、まず僕が確認したかったのは、僕が自分の影の中に入っている時に、自分の影がその場にあるかどうかだった。
《あるよ〜！》
「へ〜、あるんだ。じゃあさ、これはどう？」
影の中で手を振ってしばらく待つが、ハーネからの反応はなかった。
《あるじ〜、今何かしてるの〜？》
ハーネのリアクションを聞くに、気付いてそうな感じはまったくなかった。
影の中でやったことは、地上からは何も見えないみたいだ。

それ以降もいくつかの実験を試し、この能力に関していろんなことが分かった。

まず、自分の影の中に入っても、その影自体が消える訳ではなく、動くこともない。そして他人にも僕の影の存在が分かること。

影にいる状態で移動するためには、周りに影がないと出来ないらしい。ただ、ハーネや誰かの影が僕の影と重なった場合は一緒に動くことが可能だ。

影が続いているところを移動するのは問題がないけど、途中影が切れている場所に行こうとする場合は、体がそれより先に移動することが出来なくなる。

魔力は影の中にいる間、常に消費するみたいだ。空中に浮かぶ画面に表示される魔力量を確認しなければならず、**【魔力が5％以下です】**と表示されると強制的に影の中から出されてしまう。

とりあえずある程度仕様は分かった。

「うん、ダンジョンでも結構使えるんじゃないかな？」

ただ、練習をしないと戦闘中に使いこなすには難しいかもしれないな。

そう思いながら、もう一つのアプリに視線を向ける。

『魔獣合成』――『影渡り』以上に高いポイントが飛んでいったけど、内容がめちゃくちゃ気になる。

早く使ってみたいということで、アプリをタープッ！

【New!『魔獣と心を通わせる者』の称号を獲得】

【称号を獲得したことにより、『魔獣合成』を使用している間だけ、使役獣となった魔獣の種族と会話が可能になります】

【※Lv3では魔獣の能力を二つまで使用可能】

【※魔獣の一部を使いたい体の部分や、武器や防具に当て『合成《シンセティック》』と唱えてください】

ほわわわっ!?

これは本当に凄くないか!

使役していない魔獣とも会話出来るって、どんなものなのかな……?

まぁ、それはダンジョンに行かなきゃ分からないことだけど……

とりあえず使える範囲で試してみよう!

そう思いながら、空中に浮かぶ画面を見る。

合成可能な魔獣の画像とともに、どんな能力を使えるのか表示されていた。

たぶん、レベルが上がれば上がるほど使用出来る能力の種類も増えるんだろうね。

ちなみに画面に表示されている魔獣は、腕輪の中に入っている魔法薬の素材や食材として僕が獲ったもの、あとは素材屋と『ショッピング』で購入したものだ。

もちろん合成出来ない魔獣もいて、それは魔獣自体のレベルがとても高いものが多かった。

そういった場合は、画面には表示されているんだけどグレーの色になっていて、タップしても『使用不可』と表示される。

栄えある最初の合成は、使役獣としても一番目なハーネに決めた。

能力を説明した後にお願いすると、ハーネは鱗を口でペリッと剥がし、僕に手渡してくれた。

痛くなかったのかな？　と心配になってハーネに聞くと、特に痛みはないとのこと。

剥がしたところを見たら、そこには新しい鱗が生えていた。

「ありがとう、ハーネ。それじゃあ……『合成《シンセティック》』！」

魔力を回復させる魔法薬を飲んでから、鱗を肩の後ろに当ててそう唱えると、肩甲骨《けんこうこつ》の辺りからハーネと似た翼が生えた。

「うわぁ〜！　翼だ、凄っ！」

《おぉ〜！》

後ろを見ると、大きな白い翼が左右にゆっくりと動く。

人間、空を自力で飛ぶと言うのは、一生に一度はやってみたいことの一つではないだろうか？

自分の体を浮かばせるイメージをすると、背中の翼が音を立てて動く。

ふわり、と足が地面から離れ、自分の体が宙に浮き出した。

そのことに「ほあぁ〜！」と声を出しながら感動する。

《あるじ、はーねといっしょ！》

顔を上げれば、ハーネが嬉しそうに僕の周りをクルクルと回っていた。

ハーネと一緒に空を飛ぼうと、もう少し上昇しようとしたんだけど、まだ上手に翼を動かして浮かぶことに慣れていないためにバランスを崩してしまう。

そんな僕を見て、ハーネが咄嗟《とっさ》に尻尾を差し出してくれたので、それを掴んで体勢を整えた。

《あるじ、はじめてなのに、じょうずー》

「あはは、ほんと？」

ハーネに褒められて、僕は照れ笑いする。

最初はふらついてしまったけど、翼を動かす感覚に慣れたら飛び方も徐々に安定してきた。

「よし、これならいけ——うわぁっ⁉」

掴まっていたハーネの尻尾から手を放し、もう少し周りを飛んでみようかと思った瞬間、突然背中に生えていた翼が消失する。

ガクンッ、と視界が一気に変わった。

《あるじ、あぶない！》

すんでのところで、ハーネが僕の体に尻尾を巻き付け、宙に持ち上げてくれる。

あと一歩遅かったら、頭から地面に叩きつけられていた。

あっぶな〜。

ゆっくりと地面に降ろしてもらいながら空中に浮かぶ画面を見たら、ハーネの鱗を『合成』してから一分も経ってないのに魔力の残りが5％を切っていた。

嘘でしょ……

今の短い時間でこんなに魔力が減っていたのか、と驚く。

『影渡り』も『魔獣合成』も、今までのアプリと違って使い勝手はいいが、両方とも魔力消費量が半端《はんぱ》ない。

今までのアプリの中だと、人や動物を意のままに操ったり、自身の身体能力を高めたりする『傀《く》儡師《ぐつし》』が一番魔力を消費したけど、『影渡り』はそれと同程度だ。

『魔獣合成』にいたっては、今までのどのアプリより魔力の減りが早い。

「これからは魔力を増やしていった方がいいかもしれないな。とりあえず、もっと長い時間使えるように、一日一回好きなステータスを上昇させられる『デイリーボーナス』で魔力量を上げておこう」

僕はそう心に決めながら、魔法薬を飲んで魔力を回復する。

せっかくだし、違う魔獣の能力も試してみよう。

そしてそのまま、魔法薬の素材のために中級ダンジョンで倒した『プリータ』という魔獣の死体を腕輪の中から取り出した。

『プリータ』は可愛い感じの名前に反して、見た目は全然可愛くない魔獣だ。

形はネズミみたいなんだけど、三つ目で頭の横からは二本の角が生えている。

動きも俊敏《しゅんびん》ではないし、そんなに強い魔獣ではないんだけど、厄介な能力を持っていた。

前足がカマキリみたいなんだけど、その鎌の部分に、触れたものを腐らせる毒が塗られているのだ。ちょっとでもそれに触れたら最後——触れた服や防具、武器、それに皮膚も腐っていってしまう。

ちなみにこの魔獣は、使役獣に頼らずに魔獣を倒してこい、とカオツさんから言われ、仕留めたものだ。

最近はこんな感じで、カオツさんが暁に来てからスパルタで特訓することが増えている。

『プリータ』を倒す条件は、鎌に当たらないようにしつつ額の中間にある三つ目を全部潰すことなんだけど、すっごく苦労した。

何ヵ所か鎌が触れちゃって酷い怪我もしたけど、その都度グレイシスさんお手製の超強力回復薬をカオツさんにドバドバとかけられ、何度も挑戦してようやく倒せた。

そんな苦労の末に手に入れた『プリータ』の角を、自分の剣に合成してみることにする。

「『合成《シンセティック》！』」

さっき使った時は背中だから見えづらかったんだけど、どうやら僕が『合成』を唱えると、その素材は光って合成する対象に溶けるように消えるみたいだ。

合成した後の剣を見たら、刃の部分に刻まれた文字が淡く光っていた。

カッコイイー！

グリップ部分を握りしめ、ブンッ、と剣を振ってみても、合成前と変わらず軽くて、扱いやすい。

合成しても、特に重さは変わらないみたいだ。

試しに、近くに落ちていた木の枝を斬ってみると――

ジュワッ！

一瞬にして斬った部分が腐り、そのままボロボロになってしまった。

「すんご……」

もうそれしか言葉にならない。

その後も、近くにある石や土に切先で触れるが、どれも同じく腐ってボロボロになるか土が変色している。

ただ、ハーネの翼の時よりは少し長く使用出来たけど、こっちもすぐに魔力がなくなって元の剣の状態に戻ってしまった。

魔法薬を飲んで魔力を回復してから、これは使い方一つで最強になれるアプリじゃないだろうかと考える。

そりゃあ、レベルを上げるにも金額が高くなるわけだよね……

でも、これならレベルを上げて正解だったな！

「ふぅ……そろそろ家に帰ろっか」

《うん、おなかすいてきた～》

こうして新たなアプリのお試しはいったん終了して、家に帰ることにしたのだった。

「さてと、今日の夕食はなににしようっかなぁ〜」

家に着き、台所に入ると、僕は様々な食事のメニューが載っている『レシピ』アプリを見ながら本日の夕食のメニューを考える。

「あ、これは美味しそうだな……よし、今日はこれにしよう！」

本日の夕食は『サクサクジューシーで美味しい！　ミルフィーユカツ』に決定！

地球で売られているものを買うことの出来る『ショッピング』アプリでしゃぶしゃぶ用のお肉とパン粉、そして大葉を購入しておく。

いつもであれば魔獣のお肉を使うんだけど、さすがにしゃぶしゃぶ用のお肉のように極薄にカット出来る自信はない。中に入れるチーズはこちらの世界のものを使おうと思う。

こっちの世界のチーズはかなり濃厚な味だ。

大葉を入れてサッパリした味にしたものも作れば食べ飽きないでしょ。

お米を炊いているうちに、作っちゃおう。

まずはお肉を広げて、二、三枚ずつ重ねていく。

人数分……しかも皆いっぱい食べるから作る量が多く、なかなか根気のいる作業である。

それが終わったら塩胡椒《しおこしょう》を振って、一口大にカットしたチーズなどを重ねたお肉の上に置いて巻ツに似た野菜のキャッツベを千切りにする。

これも皆もりもり食べるから、かなりの量が必要だ。

「うおりゃぁぁぁっ！」と腕を高速で動かしてカットしていく。

一つ一つのお皿に細くフワフワにカットしたキャッツベと、ラグラーさんに作ってもらった小さな揚げ物網をセットし、網の上に斜めにカットしたミルフィーユカツを盛り付けて完成。

もちろん、ハーネやライ、それにグリフィスの分もちゃんと用意しているよ。

「はぁ〜ん♪　今日もいい匂い」

長い耳をピコピコと動かしながら、フェリスさんが台所の中を覗き込んできた。

僕はその様子に苦笑しながら、フェリスさんに伝える。

「もう出来ましたので、食卓テーブルに持って行きますよ」

フェリスさんはスキップしながら居間にいる皆に声をかけに行った。

「皆〜、ご飯よー！」

盛り付け終わったお皿を持って居間に向かうと、皆がそれぞれ食事をする準備を整えてくれていた。

皆の前にお皿やご飯茶碗《ちゃわん》を置いてから、ミルフィーユカツにお好みで付ける調味料をテーブルの中央に置いていく。

「今日の夕食のメニューは、薄いお肉を重ねてチーズなどで巻いた『ミルフィーユカツ』です。そのまま食べてもいいですし、ここに置いている調味料をお好みで付けて食べるのも、いろんな味が楽しめていいですよ」

僕はテーブルの上に並べた、ソースや醤油《しょうゆ》、ポン酢、それにリジーさんの依頼で行った国で手に入れた岩塩や、七味に似た辛味がある粉などを順番に指さしながら言った。

「それじゃあ、いただきまーす！」

フェリスさんが手を合わせた後に皆も続き、それぞれが好きな味付けで食べ始める。

フェリスさんは醤油や辛味がある粉をかけて食べ、グレイシスさんとラグラーさんはソースを使う。クルゥ君はポン酢でケルヴィンさんはポン酢と岩塩、カオツさんは何もかけずに食べていて、皆好みが分かれていた。

僕は全ての味を楽しむタイプである。

「はふぅ～……ケント君ってやっぱり天才料理人ね！」

「ホントね」

「美味過ぎて箸が止まんねー！」

「塩がこんなに美味しいとは知らなかった……」

「ケント……これも……すっごく……美味しいっ」

「……まぁまぁだな」

皆が口々に絶賛してくれる中、最後にカオツさんがそう言った。

彼の「まぁまぁ」は好物や美味しいなどの同義語なんだけどね。

「ふふ、良かったです」

本日の夕食も皆さんに好評で何よりだ。

たくさん作ったはずのミルフィーユカツは、あっという間に完食されるのだった。

ギルド職員の隠れた実力

「それじゃあ、行ってきま～す！」

ギルドマスターがおススメする、ダンジョンへ旅行に行く日がやってきた。

数日分の食事の作り置きを冷蔵庫に入れていることを皆に伝え、掃除や洗濯などをお願いしてから家を出る。

皆からは美味しい食材をいっぱい持って帰ってきてね、とお土産《みやげ》の催促《さいそく》をされている。

旅の定員は一人と聞いていたけれど、シーヘンズさんから自分の使役獣ならOKと言われたので、ハーネと一角雷狐《いっかくらいこ》のライ、それに今回はレーヌやエクエスも一緒に連れてきていた。

いつもなら巣を護るために、長期間ダンジョンに行くことはないレーヌ達だけど、今回は自分達も連れて行って欲しいと二人から直接言われたんだよね。

どうやら今回行くダンジョン――『ロルドレック山脈の亡霊』は、レーヌ達が自力で辿り着けない遠い距離にあるのと、そこでしか手に入れることが出来ない貴重な魔石がたくさんあるらしい。

それと、レーヌとエクエスについてだけど、彼らは今より少し前に進化を遂げていた。

レーヌは『毛長蜂　女王候補』から『毛長蜂　緋色《ひいろ》の女王《じょおう》』に進化して、立派な赤い王冠《おうかん》と先端に同じく赤い宝石が付いている王笏《おうしゃく》を持っている。

エクエスは『毛長蜂　準騎士』から『毛長蜂　女王専属護衛騎士』へと進化し、体と羽が一回り大きくなっている。それ以外はあんまり目立った変化はないのかな、と思っていたんだけど、よく見たらお尻の針も鋭く変化していた。

二人とも今回の進化によって『成獣』へと成長したらしく、会話も可能になった。今まではハーネに通訳してもらってたからね。

話してみると、二人とも成獣したっていうのもあるだろうけど、女王や護衛騎士といった役職柄なのか、とても威厳のある話し方をする。

ちなみに、レーヌは僕のことを《我が主》と呼んで、エクエスは《双王様《そうおうさま》》と呼ぶ。

エクエスにそう呼ぶ理由を聞いたら、自分の『王』は生まれた時からレーヌだけだったけど、僕の使役獣となったことによって『王』がもう一人増えたと認識しているからとのことだった。

彼らは、僕をかなり慕《した》ってくれているようで、主様のためならなんでもいたします！　的なことを言っていた。

そうそう、ハーネとライも、僕自身のレベルが上がったことによって進化が可能になったんだけど、そのためには、僕自身のレベルとアプリのレベルをもう少し上げる必要があるみたいだった。

というわけで、今日の僕は頭の上にレーヌ、右肩にエクエスを乗せ、左腕にハーネが絡まっている状態だ。

ライはそんな僕の足元を、楽しげに尻尾を振りながら歩いていた。

集合時間まで余裕があったから、今日はハーネに運んでもらわずにこのまま徒歩でギルドまで行くことにしたんだけど……

レーヌとエクエスの会話が聞けるようになったことで、だいぶ賑やかに感じるね。

楽しく使役獣達と会話をしながら歩いていると、時間はあっという間に過ぎていき、気付けばギルドに着いていた。

入り口では、今回の旅の案内人である三人のギルド職員が立って僕を待っている。

「すみません、遅くなりました！」

僕が慌てて近寄って声をかけると、ミリスティアさんが微笑んだ。

「いえいえ、私達が早めに出て待っていただけなので、気にしないでください……ちょっとここだと他の冒険者の邪魔になってしまうので、移動しましょうか」

そう言って歩き出すミリスティアさんに付いて行き、建物の裏側へと場所を移す。

そこは、以前暁の皆で来た時にも使った『無限扉《むげんとびら》』――目的地まで一瞬で移動出来るアイテムがあるところだ。

「これからこの扉を使ってダンジョンに移動するのですが、まだちゃんとした自己紹介をしていなかったので、先にさせてください」

いつもの制服じゃなく、私服姿のミリスティアさんが自分の胸に手を当てて自己紹介を始める。

「私はここ『ディリスカ・ギルド』の職員兼冒険者、ミリスティアです」

「同じく職員兼冒険者のアリシアよ」

「リーク、新人職員兼冒険者です」

女性二人はいつも受付で対応してくれて、何度も会話をしているからお互い笑顔で頭を下げ合う。

もう一人の男性はあまり会話をしたことがないんだけど……いつも眠そうで反応が薄い感じだ。

「えっと、Bランク冒険者のケント・ヤマザキです。今日は僕の使役獣も連れてきました。いろいろとご迷惑をおかけするかもしれませんが、よろしくお願いします！」

「はい、よろしくお願いします」

「よろしくね」

「よろしくっす」

各々の自己紹介も終わったところで、今度はアリシアさんが話しだす。

「それじゃあ、今回の『ロルドレック山脈の亡霊』へ行く前に、事前に注意事項の確認をしていきたいと思います。その前に……ケント君にはこれをお渡ししますね」

アリシアさんが腕輪――アイテムボックスになっているようなものの中から、野球ボールくらいの大きさのガラス玉みたいなものを取り出す。

これは何なんだろう？

両手で受け取って首を傾げていたら、突然ガラス玉が淡く光り、手のひらの中に溶けてしまった。

フェリスさんのやつと似てるなーなんて思っていたら、アリシアさんが教えてくれる。

「これはギルドマスターが作った『防具』です。私達三人が全力でケント君をお護りするので、怪《け》我《が》させることはないと言いたいところですが……万が一に備えて、持っておいてください」

「ありがとうございます」

「命にかかわるような『魔法攻撃』『物攻撃理』『状態異常』などからケント君を護ってくれます……ですが、これが発動しましたら強制的にギルドマスターの元に戻ってしまうため、旅はその場で終了となります」

「な、なるほど……分かりました」

その他にもいろいろと注意事項を聞き、あとはダンジョンに行くだけというところになった。

ミリスティアさんが、最後に僕に問いかける。

「他に何か気になることとか、私達に聞きたいことはありますか？」

僕は気になっていたことを聞いてみることにした。

「あ、あの……僕、SランクやAランクのギルドカードって見たことがなかったので、ちょっと興味がありまして……それで、一度見せていただくことは可能ですか？」

「ん？　私達のギルドカードですか？　まぁ、見せちゃダメなものでもないですし、いいですよ」

ミリスティアさんとリークさんのカードはSランクで同じなので、ミリスティアさんとAランクのアリシアさんの二人がギルドカードを取り出し、「はい、どうぞ」と僕に見せてくれた。

Aランクギルドカードは白色で、Sランクは銀色のカードだった。

「うわぁ～！　ランクの色は、ギルドで登録した時にもらった説明書で分かっていましたが……やっぱり本物はめっちゃカッコいいですね！」

興奮しながらそう言えば、二人はそんな僕を見てクスクス笑う。

いろんな角度から二人のカードを眺め、記憶に焼き付けておく。

「今の僕の実力じゃ、まだまだですが……いつか、僕も皆さんと同じカードを持ちたいです」

「その想いが、ケント君を強くしてくれますよ」

「そうですね。その想いを忘れずに、今後も努力を続けてくださいね」

「はいっ！」

二人がカードを仕舞うのを見ながら、もう一つ疑問に思ったことを聞いてみた。

「でも……Sランク冒険者は国からの依頼がくるほどの人達だから、ギルドの職員さんをしているとは思ってもみませんでした」

「ふふふ、そう思いますよね」

「でも、私達みたいな——特にSランクになると、一つの依頼で報酬が膨大《ぼうだい》な金額になることがあるんです。普通に数年は遊んで暮らせるだけの金額を、一回に手に入れることが出来ちゃうんですが……その分、ちょっとやそっとの料金じゃ動かないので、滅多に依頼がないんです」

なるほどと頷きながら、僕が「それじゃあ、ギルドの掲示板に張られているSランクの依頼は受けるんですか？」と聞けば、「私達は出来ないんです」と首を振る。

ギルドに入ってくるSランクの依頼は、『国』から指名されたことがない人が受けるものらしい。

へぇ～、それは知らなかったな。

僕達Bランク冒険者がAランクの依頼を受けることは基本出来ないけど、Sにそろそろ手が届きそうな実力を身に着けたAランク冒険者であったり、そういう人が多く在籍するパーティであれば、Sランクの依頼を受けることは出来る場合があるんだって。

と、言うことはだ……

ここにいる皆さんは、『国』から直接指名依頼が入るほどの実力がある方達なのだ！

アリシアさんも、Aランクとはいえ実力はほぼSランクの持ち主なので、『国』からアリシアさんに直接指名依頼が入ることもあるんだって。

凄いなっ！

「まぁ、ギルドでの依頼は受けないけど、悪さをする魔獣を討伐しに〝個人的〟に出向いたりする時はあるんですよ」

「でも私達クラスになると普段は暇なことが多いから、そんな私達のためにギルドマスターが『ここで一緒に働かないかい？』って言ってくれたんです。それで、ここで職員として働いているんですよ」

「冒険者をやっていると気の荒い連中も出てくるので、そういうのを一般職員ではない私達が相手をして、黙らせるのも仕事の内なの……だから、Sランク冒険者をしているだけの時より、意外と忙しいのよね」

そう言って二人は笑い合う。

なるほど……だから、いつもギルド内は争いごとなんて起きない、静かなところだったんだな。

それから話を聞いていると、全てのギルド職員は、ギルドマスターであるシーヘンズさんの強力な保護魔法が施されていて、個人情報が他人に絶対に流れないようになっていることが分かった。

だからタブレットの『情報』で皆さんを見ても、『■■』と表示されて見えないんだな。

「ありがとうございます。おかげですっきりしました！」

「よかったです。それじゃあ、私達Sランク冒険者兼ギルド職員が案内する、『ロルドレック山脈の亡霊』ダンジョンへの旅を開始します！」

その言葉とともに、今まで一言も喋らずにいたリークさんが呪文を唱え始め、『無限扉』が開く。

ついに楽しい旅行が始まるのだと、ウキウキが止まらない。

どんなところなんだろう、ダンジョン『ロルドレック山脈の亡霊』！


扉から一歩足を踏み出せば、靴の裏が枯れた落ち葉を踏む。

辺りにはやせ細った木が並んでいて、山全体が薄暗い感じがした。

曇《くも》り空も相まって、ちょっと怖い雰囲気だな。

レーヌとエクエスはもちろんのこと、ハーネやライも僕の体にぴったりとくっついている。

本能的になにか感じるものがあるのか、かなり周りを警戒しているようだ。

ここは今までとは違い、初めて足を踏み入れる上級ダンジョンだし、なにが起きるのか分からないから、慎重に行動しなきゃ。

そう思いながら足を一歩踏み出した瞬間――

前に出した右足が地面に触れたと思ったら、目の前に真っ黒な穴が広がり、次に鼻先でガチンッという音がする。

ほんの一瞬の出来事だった。

目と鼻の先で、骨魚《こつぎょ》――食後に残る魚の骨のような見た目をしたモンスターよりも大きく、歯が鋭くて太い魔獣が止まっていたのだ。

「うわぁっ⁉」

驚いて二、三歩後ろに下がれば、リークさんが、魔獣の体を握っていた手に力を込めて骨を砕いた。

「ケントさん、大丈夫ですか。噛まれる前に止められてよかったっす」

どうやらさっきのガチンッという音は、僕に噛みつこうとして直前で止められた魔獣が顎を閉めた音だったと分かった。

「助かりました！　ありがとうございます」

「いえいえ」

リークさんは特に気にする様子もなく、首を横に振った後、溜息を吐いた。

「はぁ……来て早々、『骨鮫《こつざめ》』がめっちゃいるなんてダルイっすね」

その言葉にこっそり『危険察知注意報』を起動させて空中に浮かぶ画面を確認すれば、僕達の周りを凄い数の魔獣が取り囲んでいるのに気付く。

周りにいないということは、僕達が立っているところの下――地面に潜んでいるのだ。

しかも、タブレットの画面は赤く点滅していて**【危険度88】**の文字が表示されている。

でも、画面を見て緊張をしている僕以外の皆さんは、のんびりとした感じで立っているだけだった。

「ちょっとリーク、数が多くて面倒そうだから、あんたがやってちょうだい」

「そうね、ここなら君の能力が最適でしょ」

女性二人からこの場を何とかするよう指名されたリークさんは、めんどくさそうな顔をしてから、右手に持っていた黒い粉を地面に撒いた。

そして——

「『発芽《ジャーミネーション》』」

リークさんが何か唱えると、地面が突然ボコボコと盛り上がった。

そこから一気に黒い何かが出現する。

「うわっ!? な、なんだ？」

右手で顔を庇《かば》いつつ目を開けて指の隙間から確認すれば、驚く光景が広がっていた。

先端が矢じりの形をした細長い植物達が、地面に潜っていた骨鮫を全て突き刺した状態で地上に生えてきたのだ。

驚くなと言う方が難しい。

「仕留めろ」

骨鮫の背骨を正確に貫いている植物達は、リークさんの命令に応じて、背骨の中心に巻き付いて骨を粉々に砕き——一瞬にして全ての骨鮫を殲滅《せんめつ》してしまったのだった。

「ほあぁぁ……凄ぉ」

ポカンと口を開けながらそう言ったら、リークさんは肩を竦《すく》めながら説明してくれた。

「こんなの朝飯前っすよ。俺は『魔植物使い』っていって、身体の中に植え込んだ種を自分の魔力で育てて操るんす」

そんな能力を持つ人がいるのか、と僕は再び驚く。

それにしても、さすが上級ダンジョンだな……今までは、入ってすぐに襲われたことなんてなかったのに。

いくら三人が強力だからとはいえ、油断してちゃだめだなと気を引き締める。

《我が主……》

頬をペシペシ叩いて気合を入れていると、頭の上にいたレーヌに声をかけられた。

どうしたのかと聞けば、地面に散らばる骨鮫の骨を拾ってもいいかと言われた。

一応確認したら、ミリスティアさんが答えてくれた。

「このダンジョン内にあるものは、どんなものでもお持ち帰りしていいですよ。いちいち確認を取らなくて大丈夫です」

ありがたいね！

大丈夫だよと伝えると、レーヌは羽を動かして空中に浮かび、骨鮫の骨が散らばる地面へと近付く。そして、持っていた王笏を近付け、地面に散らばっていた骨鮫の骨を全て王笏の先の宝石の中に吸収していった。

レーヌ、そんなことも出来るようになったんだ。

感心して見ていたら、エクエスが近寄ってきて教えてくれた。

レーヌが持つ王笏はアイテムボックスみたいなもので、生きているもの以外であれば無限に収納出来るんだそうだ。

そして、エクエスの仕事は、中に入れたものを最終的に整理し、仕分ける作業らしい。

「それじゃあ、本日最初のスポットはアドーナンツの群生地になります」

レーヌが全て骨鮫の骨を回収したのを見届けたミリスティアさんは、全員の靴に『滑り止め』と『疲労軽減』の魔法をかけてから、そう言った。

アドーナンツってなんだろう、と思っていたら、頭の上に戻ってきたレーヌが興奮したように叫ぶ。

《アドーナンツですって？　それは是非手に入れたいわね！》

レーヌに話を聞けば、アドーナンツはこのダンジョンにしか生息していない魔草だそうだ。花や茎、葉、根に至るまで猛毒だが、花の中の蜜だけは唯一毒が含まれておらず、どんな魔草の毒をも消すことが出来る優れものなんだとか。

「アドーナンツの群生場所は深層階にあるので、そこへは『扉』を使用します。『扉』はここから歩いて二時間ほどのところにありますので、途中休憩しながら移動していきます」

「分かりました」

今僕はミリスティアさんの話を軽く聞き流したんだけど……表層階から一気に深層階へ行くんですね。

どんな魔草の毒をも消しちゃうような凄い魔草が、こんな最初の方にあるはずないか……

僕の前をアリシアさんが、隣をミリスティアさん、そして後ろをリークさんが護るようにして歩くことになった。

他の人からは見えないけど、僕は『危険察知注意報』を常に起動させて、周りの状況を確認出来るようにさせておく。

それを見て、常に画面が真っ赤になっていて、そんなに離れてはいない場所に**【危険度80】**以上の魔獣がたくさんいることが分かった。

ただ、皆さんがほのぼのとした感じで歩いているから、不思議と怖くない。

すんごい安心感があるんだけど、なんだろう、この感覚……どこかで感じたことがあるような？

としばらく思っていたところで、ハタと気付いた。

そう、うちの暁のパーティメンバーと行動している時と、同じなんだ！

どんなに強い魔獣に囲まれても余裕綽々《よゆうしゃく》といった感じで立っているから、画面上でどんなに危険な魔獣が近くにいるぞって表示されても、安心する。

よくよく考えたら、ほんとうちのパーティの皆さんの実力って……どうなってるんだろう？

そんなことを考えている間に、何度か魔獣の襲撃を受けたが、ミリスティアさん達の手で、あっけなく倒されていた。

僕はそうして皆さんが倒してくれた魔獣を、どんどん腕輪の中に詰めていったのだった。

アドーナンツを手に入れよう

ホクホクした気分で歩いていると、あっという間に深層階へと続く『扉』へと辿り着く。

以前グレイシスさんやカオツさん、それにカイラさんと一緒に受けた依頼で使った『扉』は木であったが、ここの扉はそれとは違うようだ。

案内されたのは、扉というよりは少し大きな岩が重なって出来た隙間だった。

「ここを抜けたら深層階です。途中、幻惑を使う魔獣が出てきますが、直接『目』を見ないように気を付けてくださいね」

「はい、分かりました」

「それじゃあ、行きましょうか」

まず先にアリシアさんが岩の隙間に歩いて行く。

すると、隙間に吸い込まれるようにしてアリシアさんの姿が消えた。

「さっ、ケント君がお次にどうぞ」

「はいっ」

ミリスティアさんに促されるまま緊張しながら進み、隙間へと右手を伸ばせば――スゥッと腕が半透明に透けた。

さらに進むとその奥では、後ろに手を組んで僕のことをアリシアさんが待っていてくれた。

辺りは視界が少し悪く、靄《もや》がかかっているようだった。

靄のせいで少し肌寒さを感じて腕を擦《さす》っていると、『扉』からミリスティアさんとリークさんがこちらへとやって来た。

「うーん、ここから目的地までは、歩いてもう少しかかるから……この辺で一度休憩を入れましょうか」

ミリスティアさんのその言葉によって、僕達はいったん歩みを止めることとなった。

座るのにちょうどいい倒木が近くにあったので、そこに皆で腰を下ろす。

ここに来るまで魔獣とエンカウントすることも多々あったけど、それらを皆さんが軽く倒してしまうので、僕やハーネなどの使役獣が戦う機会はほとんどなかった。

まぁ、こんな上級ダンジョンで活躍出来るほどの実力はないんだけどね。

皆さんに護られながら、素材や食料を確保しつつ、『ロルドレック山脈の亡霊』の見どころなどを説明されながら移動していると、ＶＩＰ客になった気分だった。

とは言っても、ただ護られているだけなのも申し訳ないので、この休憩中の間だけでも、皆さんに何か飲み物でも作ろう！

そう思ったんだけど、僕がなにか作るよりも早くアリシアさんが収納ボックス機能付きの腕輪から飲み物を人数分出して、各自に渡していた。

同じ飲み物が僕の目の前にも差し出される。

「はい、ケント君もどうぞ。ギルマスからの差し入れで、『エルフ秘伝・疲れも吹っ飛ぶ飲み物』だって」

「あ、ありがとうございます」

渡されたコップを受け取って、中身を見たら、深緑色の液体が入っていた。

まるで苔《こけ》がコップの中いっぱいに入っているみたいなんだけど……気のせいだよね？

『エルフ秘伝』という言葉に、当パーティでダークマターを作成されるエルフさんを思い出し、これは本当に飲んでも大丈夫なんだろうかと感じてしまう。

ええいっ、ままよ！

俺は、顔が引きつりそうになるのを堪えながら一気に飲み干す。

「…………」

《……あれ？　あるじ、どしたの？》

《ごしゅじん？》

《双王様！　いかがなされましたか？》

《……ふむ。どうやらエルフが作った飲み物が激マズだったのだろう》

真っ白に燃え尽きたように頭を垂らして倒木の上に座る僕を、皆が心配そうに見ていたが、レーヌだけが僕の置かれた状況をしっかりと把握しているようであった。

なんとか気力を振り絞り、「ご、ごちそうさまでした」とコップを返すと、皆さんは普通の顔をして飲んでいた。

飲みなれているのか、これが普通の味だと思っているのかは定かじゃないが……

ちょっと今後のことを思い、この場で一つ確認することにした。

「あの……食事のことなんですが、どうするかは決まってるんですか？」

僕がそう聞くと、ミリスティアさんの口から恐ろしい言葉が飛び出した。

「ギルマスが用意してくださった食事がありますので、それを後ほど温めて食べようと思っております」

しかもちゃんと僕の分まで用意しているという。

僕は慌てて三人に提案した。

「あの！　出来れば食事は僕に作らせてもらえませんか⁉」

「そんな、大事なお客様にそんなことをさせられません」

ミリスティアさんがそう言い、アリシアさんも頷くのだけど頭を下げ、なんとか『食事担当』をもぎ取ることに成功した。

ダークマターを作るフェリスさんの幼馴染であるシーヘンズさんも、食事を作る才能が皆無だと、あんな激マズな飲み物を飲まされれば予想はつく。

こっそりお水を飲んで口の中をリセットする。

溜息を吐きながら、ふと、今まであまり喋っていないリークさんを横目で見た。

同じ男だし、いろんな話をしてみたいんだけど……ちょっと話しかけづらい雰囲気なんだよね。

もう少し時間が経てば普通に話せるようになれるかな、と思っている間に、ミリスティアさんとアリシアさんが魔法で洗い終えたコップを腕輪に仕舞い、立ち上がった。

「それじゃあ、出発しましょうか」

「はい！」

移動を再開させた僕達は、いろんな話をした。

僕が気になったのは、皆さんの戦闘スタイルだ。

僕は魔法薬師でもあるけど、戦闘は使役獣にサポートしてもらったり、剣を使ったりして戦っているから、他にどんな戦い方があるのか興味がわいたのだ。

ミリスティアさん達は快く教えてくれた。

まず、ミリスティアさんが槍のような長い武器を見せながら話し始めた。

槍に使われている刃には、魔族の国でしか採掘することが出来ない稀少《きしょう》な鉱石を使用しているらしい。

さらには刃を鍛えて作る時に、上級ダンジョン最深部のさらに奥深くにしか生息しない数種類の魔獣の血を魔法で混ぜ合わせているので、どんな魔獣でも豆腐のように切れるんだとか。

アリシアさんは、剣以外に糸をメインの武器にしていると言った。

最初は糸と言われても裁縫用の糸しか思い浮かばなかったんだけど、指先から出してくれた『糸』を触らせてもらった感想は、蜘蛛《くも》の糸だった。

目には見えるけど凄く細く、少しペタペタしていて、引っ張ってみても切れなかった。

その糸はアリシアさんの魔力によって作り出されているという。

指先だけではなくて、手のひら全体から大量の糸を放出し、大型の魔獣を糸で繭《まゆ》のように包み込んだり、動きを封じたりすることが出来るとのこと。

しかも、魔力の込め具合によっては、とても切れ味の良い刃にもなるそうだ。

リークさんは『魔植物使い』だってさっき教えてもらったけど、ただ、その能力はとても危険な手法らしく、適合出来ない人間はそのまま魔草に喰われて死んでしまうのだとか。

この世界でも魔植物使いは数人しかいないらしく、リークさんはその数少ない使い手の一人なんだって。

あと、自分の身体に植え込んだ植物の他に、外部の魔草や普通の植物なんかも操れると教えてくれた。

三人とも凄い能力や武器を使ってはいるんだけど、それらに頼らない戦闘能力もずば抜けている。

素手や短剣でも軽々と強い魔獣を倒しているのを見ると、やっぱりSランク冒険者って凄い人達なんだなと再確認出来た。

道中そんな話をしながらも、魔法薬で使える魔草と魔獣の素材や、食事に使いたい魔獣の部位を解体してもらい手に入れていく。

腕輪の中に増えていく最高級品とも言える素材や食料に、ニヤニヤが止まらない。

「あ、そろそろ着いたみたいだよ」

先頭で歩いていたアリシアさんが、僕達の方に振り向いて笑いかける。

アリシアさんの向こう側に、立ち並ぶ木々の向こう側に黄色い平原が見えた。

『アドーナンツ』ってどんな花なのかな～と、黄色い綺麗な花々が咲いている場所に近付き、まだ見ぬ花を想像する。

そして平原に足を踏み入れて驚いた。

なぜなら、僕の目の前の地面には、手のひらサイズの小さなバナナらしきものが所狭しと生えていたからだ。

色も形もバナナ……違うところは、地球のものが樹上になっているのに対して、こちらはタンポポのような葉の上にドドンと載っている。

ちなみに、こちらの世界にもバナナに似た果物はある。

ナナバと呼ばれていて、オレンジ色の見た目で、皮が凄く硬い。味はバナナそのものなんだけどね。

ナナバは果物として美味しく食べられるけど、バナナに見た目や色が酷似している目の前のアドーナンツは猛毒で食べることは出来ない。

僕は皆と一緒に、おそるおそるアドーナンツの元へ近付いて行く。

魔法薬の素材となるのは、花蜜の部分だ。

皮の部分を専用の器具で剥き、その中にある内側の花弁を丁寧に開く。そしてスポイトのようなもので中に入っている花蜜を吸いとる必要があると、道中でミリスティアさんから教わった。

ちょっとでもアドーナンツに触れると、皮膚が大火傷《おおやけど》を起こした状態になり、意識混濁に呼吸不全を引き起こすことがあるとのことだ。

そんな危険な作業だから、花蜜を取り出すのはミリスティアさん達がしてくれると言ったんだけど――

《我が主、ここは私にお任せを》

レーヌが座っていた僕の頭の上から空中に飛び上がり、そうお願いしてきた。

確かに、こういった類の魔草の素材を採取するならレーヌ達が適任だろう。

「でも、レーヌ達はアドーナンツに直接触って大丈夫なの？」

念のため僕はレーヌに確認する。

《我々は問題ないぞ》

なるほど、それなら任せていいかなぁ。

「ミリスティアさん、うちの子達に採取を任せてもいいですか？」

「ええ、大丈夫ですよ」

笑みを浮かべながらのミリスティアさんの言葉を聞いたレーヌは、エクエスを従えるようにしてアドーナンツが群生する中心部分まで飛んで行き、その場でピタリと止まる。

そして持っていた王笏を持ち上げ、《外勤蜂《がいきんばち》、召喚！》と一気に振り下ろした。

すると、空中――レーヌの足元に大きな召喚陣が展開され、そこからもの凄い数の毛長蜂が四方八方へと飛んで行くのが見えた。

「うわぁ～……すっごい数の毛長蜂だな」

《あのけながばちくんたち、ぜん～ぶ、れーぬがあつめたなかまだって！》

「えっ、そうなの!?」

いつの間にそんな仲間を手に入れてたんだろう？

そう思っていたら、自分達でダンジョンに素材などを集めに行った時に配下を増やしていた、とライが教えてくれた。

暁の裏庭にあるレーヌ達の『巣』には、レーヌとエクエス、そして少数の直属の配下が住んでいるが、それ以外に『外勤蜂』と呼ばれる毛長蜂がいるらしい。

素材などをいろんなところから採取して運んでくる外勤蜂は、ダンジョンの中に生息しており、必要な時はレーヌの召喚によって集まる仕組みになっているんだとか。

レーヌに召喚された毛長蜂達は、一斉に地面に生い茂るアドーナンツの元へ行き、せっせと花蜜を採取していく。

毛長蜂達が花蜜を採取すると、一度エクエスの元で査定みたいなのを受けてからレーヌへ献上する。その作業がしばらく続き、ある程度の蜜が自分の前に集まった時、レーヌが王笏をクルクルと回す。

すると、空中に浮かんでいた花蜜が一ヵ所に纏まって大きな液体へと変わった。

その液体に向かってレーヌが王笏を振り下ろすと——なんと、液体の花蜜が王笏が触れた部分から固まっていき、一つの蜜のかたまりになった。

アドーナンツは一つの花からティースプーン一杯くらいしか採取出来ないと言われている。しかし、レーヌの横に浮かぶかたまりは、大量の外勤蜂に手伝ってもらったことで、バスケットボールくらいの大きさになっていた。

驚く僕を尻目に、レーヌの統制力が優れていると、ミリスティアさんが驚き褒めていた。

使役獣が褒められて自分のことのように嬉しく思う。

するとレーヌがやってきて、蜜をどうするか尋ねてきた。

なんでも自分達が採取した蜜などは、固形にしたり液体にしたり、自由に変えることが出来るん

だって。

集めてくれたことにお礼を言いつつ、僕は液体と固体半々にして欲しいと頼んだ。

それから、蜜を採り終えたアドーナンツを見詰める。

『魔法薬の調合』アプリで作れる魔法薬があるか検索して調べてみたんだけど……結果としては『アドーナンツ』を使って作れる魔法薬はなかった。

ただ**【今のレベルでは調合出来ません】**と表示されたから、アプリレベルが上がれば作れる魔法薬が存在するようだ。

今は作れないけど、せっかくならアドーナンツの素材は回収しておきたい。次にここに来てアドーナンツを採取出来るのは、いつになるか分からないからね。

というわけで、すぐさまレーヌにお願いして、アドーナンツを根も含めて全て採る。

猛毒素材の保管専用の瓶も持ってるんだけど、量が量なのでレーヌに預かってもらうことにした。

レーヌは魔法を使って、採ったアドーナンツを魔法陣の中に収納してくれたのだった。

ふと見渡せば、黄色い平原の一部が茶色く変化している。

「と、採り過ぎちゃいましたかね？」

心配になってそう聞いたんだけど、ミリスティアさんとアリシアさんは笑みを浮かべる。

「虫系の魔獣の凄さを始めて目の辺りにした感じでしたが、心配はありません」

「そうそう、ここのダンジョンにあるものを根こそぎケント君が家に持ち帰ったとしても、誰も怒りませんよ」

　いや、そんなにはいりませんが……ありがたく、いただいていきますね～。


　それから、またいろいろな場所を歩き、魔獣や魔草を手に入れていく。

　中にはこのダンジョンでしか手に入らない魔法薬の素材――植物や虫、キノコのようなものなども採って、気分はウハウハである。

「先輩、そろそろ〝夜の時間〟になるっすよ」

　歩いていると、リークさんが道に並んでいる樹を見ながら突然そんなことを言った。

　ふと見上げるが、空はまだ明るい。

　これからすぐに暗くなるような感じは全くないけど……？

「では、今日はそろそろ野営場所へと移動します」

　不思議に思っていたら、上を見たミリスティアさんが慌て出した。

　話に付いて行けない僕は、アリシアさんに尋ねた。

「あの、これから夜になるんですか？」

「そうですね。実はこのダンジョン、朝と夜の時間帯しか存在しないんですよ」

「朝と……夜しか、ですか？」

「はい。だから今は明るくても、一気に暗くなって危険なんですよね」

「ほえぇ〜」

そんなダンジョンがあるのかと驚いていると、アリシアさんは周りにある樹林を指さした。

「そんなダンジョン内で、いつ夜がくるのかを、この樹が教えてくれます」

「樹……がですか？」

「この樹は葉がたくさん付けば朝、葉が地面に落ちて枯れ木になれば夜に近づいていることを示しているので……ちなみに、朝と夜の間には一時間だけ薄暗い時間帯があります」

そう言われて樹に視線を向ければ、確かに葉がヒラヒラと地面へと落ちていっているのが見える。

リークさんが夜が近いと判断した時に見ていたのはこれだったのか。

それから詳しく聞くと、どうやらこれらの樹の葉が全て落ちた瞬間、一気に辺りが真っ暗になるんだとか。

魔法などを使って明かりを作れば移動することは出来るみたいなんだけど、そうなれば全ての魔獣に対して自分の居場所を教えることになり、真っ先に狙われる。

それと、ここのダンジョンはかなり特殊らしく、夜にだけ出てくる『闇の精霊』というもの凄く危険な存在がいる。

闇の精霊は『亡霊』とも言われていて、人と友好的で善良な精霊が闇堕《やみお》ちした存在で、出会った人間や動物、魔獣など、生あるもの全てに強力な呪《のろ》いをかける危険なものらしい。

運が悪いと一発でご臨終《りんじゅう》してしまうほどの強力な呪いもあって、魔法を使ってもなかなか解除出来なくて厄介なんだとか。

しかも、呪いを防ぐアイテムを使っても効果がないという。

さすがのSランク冒険者の方達でも束になって襲われたら危険らしく、このダンジョンで『夜』は動かない方がいいのだと教えてくれた。

Sランクの皆さんでも危険って、僕なら一瞬であの世行きだな。

ブルリと肩を震わせながら、本日の目的地へと向かうのだった。

師匠になりました

周りに樹や岩もなく、砂地が広がる場所で先頭を歩いていたアリシアさんが立ち止まる。

どうやらここが今回の野営場所らしい。

ダンジョンで野営する時は、魔獣が近寄って来ないアイテムを使う。

今回もそうかなと思って何かお手伝いしようかと尋ねたところ、「お客様なんですからゆっくりお待ちくださいませ」と言われた。

手持ち無沙汰になりながら立っていると、僕の後ろから前に出たリークさんが腕輪の中から何やら木の板を取り出した。

どうやらそれは扉とその枠のようで、リークさんはそれを砂地の上に寝かせるようにして置いた。

そして地面に落ちていた枝を拾って、その扉の周りに不思議な文字を使った魔法陣を描いていく。

「……よし、こんなもんかな」

地面にしゃがんで描いていたリークさんが、枝を遠くに投げてから手を叩きながら立ち上がる。

「先輩、よろしくっす」

「任せて」

リークさんからバトンタッチしたアリシアさんが、魔法陣に触れるか触れないかといった位置で手を翳し、呪文を唱える。

すると、アリシアさんの手の位置から、文字が金色へと光り出した。

それは凄い速さで魔法陣全体へと流れ、光が満ちる。

「はいっ、完了！」

淡い金色の光が収まると、枝で地面に描かれていた魔法陣は、まるで炭かなにかで描いたようにハッキリとした魔法陣へと変化していた。

しかもアリシアさんがその上を踏んで歩いても、魔法陣が削れて消えることがない。

「それじゃあ中に入りましょうか」

アリシアさんの言葉に首を傾げる。

中に入るって……どの中に？

不思議に思っていると、アリシアさんが地面に置かれた扉の取っ手に手をかけた。

そしてガチャリッ、という解錠の音とともに、ゆっくりと扉が開く。

扉の中を覗けば、地下へと続く階段が出現していた。

「これは、マスターが用意してくれた特別製の宿舎です。この中に入れば、魔獣や魔草、闇の精霊でも私達の存在には気付きません」

どうやらエルフしか使えない光系の強力な守護魔法と異空間魔法を使用しているらしく、安心して就寝出来るようになっているみたいだ。

勧められて、扉の中に続く階段を下りていく。

地下へと続く階段は少し長かったけど、それなりの広さがあるし、蝋燭《ろうそく》みたいな明かりが周囲を照らしているから閉塞感《へいそくかん》は全くなかった。

一緒に階段を下りているライも、肩や頭に乗っているハーネやレーヌ達も、興味津々に辺りを見回している。

ようやく階段を下りると、地面に置いた扉と全く同じ扉がポツンと置かれていた。その取っ手を握って前に押すと——

「うわぁ〜！」

目の前には、ここが地面の下とは思えない光景が広がっていた。

落ち着いた広いリビングルームで、大きなソファーや机があり、壁にはいろいろな種類の本がオシャレに並べられている。

窓は一つもないんだけど、部屋全体が明るく、息苦しく感じない。

皆で中に入れば、リークさんが机の上に置かれていた果物が盛られたお皿の中から一つ小さな果実を取って、齧りながら一人かけ用の椅子にドカリと座る。

「はぁ～、さすがギルマスの異空間魔法。こんなダンジョンで高級宿みたいな部屋で休めるなんてツイてるっす」

リークさんがそう言えば、アリシアさんも同意する。

「本当ね」

「ケント君もここでは好きな場所でゆっくりしてね。この部屋の奥にお風呂とトイレ付きの一人部屋が用意されているので、寝るときはそこを使ってください」

「分かりました」

ミリスティアさんの言葉に僕は頷いてから、夕食を作る台所はどこにあるのか聞いて案内してもらったんだけど……台所も凄く広かった。

ハーネとライが広い床の上でじゃれ合っているのを見ながら、ミリスティアさんに苦手なものがあるか聞いてみたけど、特にないと答えてくれた。

でも、さすがに「じゃあ魔獣を使った料理をお出ししますね！」なんて言ったら、食べたことがない三人の反応が目に見えているので、ここはあえて伝えないことにした。

最初は皆、うげーっていう顔をするからね。

ミリスティアさんがリビングルームへと戻っていくのを見送り、キッチンを見回す。

「さてと……それじゃあ何を作りましょうかね」

『レシピ』を見ながら悩む。

ガッツリ系の食べ物の他に女性もいるから、サッパリしたのも用意した方が嬉しいだろうな。

「よし、これでいこう」

調理器具は全てここに揃っているので、あとは必要な食材を『ショッピング』で購入してから調理に取りかかるだけだ。

まず、一品目は『ご飯が美味しい、ギュルガルのスペアリブ』にしよう！

コンロに鍋を置き、そこでお米を炊いている間に、以前ラグラーさんが解体してくれた、骨付きのギュルガルのお肉を食べやすい大きさにさらにカットする。

ギュルガルは、羊と牛を混ぜ合わせたような獰猛《どうもう》な魔獣だが、そのお肉は絶品だ。

お肉の表面をフォークで刺してから塩胡椒を振った後、油をひいたフライパンを温める。

ジューッという音とともにお肉を焼き、色が付いたら裏側を焼いていく。

蓋をしてそのまま焼いている間に調味料作りに移ろう。

醤油とみりん、調理酒をボウルの中に入れて混ぜ合わせ、フライパンの蓋を取ってお肉に火が通っているのを確認したら、混ぜた調味料を入れる。

《いいにおい〜♪》

《らい、はやくたべたい！》

肩の付近と足元にいたハーネとライが、良い匂いにつられて尻尾をフリフリ振っていた。

ちなみに、レーヌとエクエスは僕が今日使う部屋に先に行ってて、本日採取したものの選別をしてくれている。

「あはは、もう少しで出来るからね」

ライとハーネにそう声をかけながら、お肉にしっかり味が付くようにフライパンを回す。

お皿に野菜を添えてから、焼きあがった肉を盛り付ける。

もう一品は……と顔を上げたら、ミリスティアさんとアリシアさん、それリークさんが、台所とリビングルームの間にある扉に張り付きながらこちらを見ていた。

「うわぁっ⁉　びっくりした……」

三人とも匂いにつられて様子を覗きに来たらしい。

「えへへ……凄く良い匂いがしてきて」

「これは絶対に美味しいものに違いないですね！」

「よだれが止まらないっす……じゅる」

「もう少しで出来上がりますので、あちらで待っててくださいね」

そう笑いながら僕が言えば、三人は「は〜い」と返事をしてリビングルームに戻っていく。

なんというか、暁に来た当初を思い出すな。

暁の皆も最初はこんな感じで、僕が料理をするたびに覗きに来てたっけ。

懐かしいと思いながら、次のメニューに取りかかる。

もう一品は『トマトと卵のサッパリ炒め』である。

地球産トマトとこちらの卵を使った料理で、手間がかからず作れるお手軽レシピだ。

「それじゃあ、作っちゃおうかな」

まず、卵の殻を割るんだけど、この魔獣の卵は野球のボールくらいの大きさがあって、もの凄く硬い。なので少し傷を付けた後、ハーネに風魔法を使って割ってもらう。

こうすると楽なんだよね。

そして、溶いた卵に塩と胡椒を振って軽く混ぜ合わせ、次にトマトを食べやすい大きさにカットしておく。

トマトの他に、フェリスさんが育てている万能ネギもどきも刻んでおき、油を熱したフライパンで溶いた卵を炒める。

とろみがある半熟になったらいったんお皿に移し、フライパンでサッとトマトを炒め、ある程度熱が通ったら卵をもう一度フライパンに戻す。

それから、お水で溶いた中華スープの素と醤油を加え、香り付けにごま油をたらす。

お皿に盛り付け、最後に刻んだネギもどきを散らしたら完成である。

ちょうどいいタイミングでお米も炊けた。

あとは新鮮な野菜でサラダを作り、手作りのドレッシングを数種類用意すれば、本日の夕食の出来上がりだ。

ワゴンがあったので、それを使って人数分の食器や作った料理を載せて、皆さんが待っているリビングルームへと向かう。

「お待たせしました〜。夕食の準備が出来ましたよ」

僕がそう声をかけると、一人掛けのソファーで寝ていたり、本を読んでいたりした皆さんが素早い動きで立ち上がった。

本当は食堂みたいな部屋があるからそっちに移ろうとしたんだけど、三人が早く食べたいと言い出したので、リビングルームで食べようという流れになった。

椅子に座った皆さんの前に、ごはんを盛り付けた食器と取り皿を置いていく。

その後、テーブルの中央に『ギュルガルのスペアリブ』と『トマトと卵のサッパリ炒め』、それと手作りドレッシングとサラダを置けば、ミリスティアさん達は顔を輝かせた。

「どうぞ召し上がれ」

そう僕が言うやいなや、皆さんが手を合わせる。

「いっただきまーす！」

「いただきますっ！」

「――っす！」

三人とも最初はスペアリブにかぶりついていた。

「ん～っ！」

「なにこれ……美味し過ぎて言葉が出ないわ……」

「………っ」

「あははは、そう言っていただけて嬉しいです。いっぱい食べてくださいね！」

そうしてしばらく食事を続けていたが、女性のミリスティアさんとアリシアさんはお肉も食べていたけど、やっぱり『トマトと卵のサッパリ炒め』を多く食べていた。

リークさんはその逆でお肉多めだ。

ご飯とお肉を口いっぱいに含み、もぐもぐもぐもぐ、とハムスターのように頬を膨らませるリークさんの姿は可愛らしく、今までの近寄りがたいイメージが自分の中で払拭《ふっしょく》された。

どこか、暁の皆と食卓を囲んでいるような気さえする。

「おかわり！」

「まだまだいっぱいあるので、ゆっくり食べてくださいね」

「……んっ」

頷くリークさんを微笑ましく思いながら、僕もお肉に手を伸ばし、食べてみる。

そして、思ったより美味しく出来上がった食事に満足したのであった。

「ご馳走様《ちそうさま》でした！」

食べ終わってお腹がいっぱいになった僕はふぅ、と息を吐き出した。

至福の表情を浮かべる皆さんの顔を見ると嬉しくなるよね！

ハーネ達にも大好評な献立《こんだて》だった。

ちなみに、花の蜜が主食に見えるレーヌとエクエスだが、実は意外とお肉なんかも食べられる。

食べやすいようにかなり小さくしてあげないといけないが、それでもペロリと食べきっちゃうところを目にすると、昆虫とはいえ魔獣なんだな～と思える。

そんなことを考えながら、使い終わった食器類を洗おうと思ったら、アリシアさんに声をかけられた。

「食器は洗わずに、シンク横にある籠《かご》の中に入れておいてね」

「そのまま置いていいんですか？」

そう疑問に思って聞くと、アリシアさんは頷く。

実際に汚れた食器などを入れて分かったのだが――

「お？　おぉ？　おぉぉぉっ⁉」

なんとこの籠は、『食洗機』だった。

地球産の食器洗浄機とは全く別物なんだけど、籠の中に汚れた食器を入れると、浄化魔法が発動して汚れを全て消していたのだ。

なんでも、掃除や洗濯、食器洗いなどが苦手なシーヘンズさんが、魔法で綺麗になるんなら全て魔法でやっちゃうよ！　的な感じで作ったらしい。

そういうところはフェリスさんに似ているような気がする。

それから片付け作業もなく、就寝時間までまだ時間があるからということで、自由時間になった。

アリシアさんとミリスティアさんは自室でゆっくり過ごすとのことだった。

二人は僕達に就寝の挨拶《あいさつ》をしてから、リビングルームを出ていった。

リークさんは……よく分からないけど、台所に行って冷蔵庫の中を見ていた。

明日の夜も空間魔法で移動してここを使うって聞いたから、冷蔵庫の中に何が残っているか確認しているのかな？

確か僕が調理した後は、ちょっと余った魔獣のお肉とか、明日の朝使う野菜や果物とか、シーヘンズさんが用意してくれた飲み物とかが入ってたはずだけど。

チラリと台所に視線を向けてから、リビングルームの中央へと戻す。

部屋のど真ん中に敷かれているモフモフの絨毯《じゅうたん》で、ハーネとライとエクエスがゴロゴロ転がりながら遊んでいた。

ハーネとライはなんとなく分かるけど、エクエスも一緒になって遊ぶとは思わなかったな……

そんなことを考えていたのが伝わったのか、頭の上に乗っていたレーヌが笑いながら言う。

《アレは見た目はしっかりしておるが、精神年齢は子供であるからな》

「あ、なんとなく分かるかも……三人とも、騒ぎすぎちゃダメだよ」

僕は苦笑しながら、楽しそうに遊ぶ三人に注意をした後、一人掛けの椅子に座る。

レーヌは僕の頭の上から飛んで、壁に飾られている綺麗なお花を椅子にして座ると、ハーネ達が騒ぎ過ぎないように見てくれた。

「ふぅ……今日はいっぱい魔法薬の素材や、料理に使えそうな魔獣が手に入ったな」

ホクホクしながらタブレットを手に取る。

そこには、腕輪に入っている、収穫した魔獣の情報が表示されている。

実はここ最近タブレットがアップデートし、もう一つの腕輪——生きたモノ以外のものを入れておける腕輪の中に入っているものが、全てタブレットで確認出来るようになったのだ。

しかも、魔獣や魔草の元の姿を画像で表示する機能も付いた親切設計だ！

アプリのレベル上げには凄いお金がかかっているけど、このアップデートは無料だったことも凄く嬉しかった。

新しく出来た『物入れ』をタップすれば、中に入れた日付や魔獣、魔草で表示を絞れるし、それに『検索欄』といったものもあるので調べやすい。

というわけで今日の日付をタップすれば、収穫物が表示される。

二十体の魔獣と五十種類以上の魔草、それと魔法薬を調合するのに必要な植物や昆虫などなど、このダンジョンでしか手に入らないものがた〜くさん入ってる。

強力な魔法薬を調合するのに使っても良し、高額で売りさばくのも良しだ。

どうしようか悩んでいたら、台所から戻ってきたリークさんがゆっくりと僕の方へ歩いてくるのに気付く。

どうしたんだろうと思ってタブレットを腕輪に戻し、顔を上げる。

「ケントさん、ちょっと聞きたいことがあるんすけど……」

「あ、はい。なんでしょうか？」

僕は不思議に思いながらも、椅子から立ち上がりリークさんのもとに行こうとする。

すると、リークさんがいきなり目の前に跪《ひざまず》いた。

「ケントさん……いやっ、師匠！」

「うわぁっ？　って……し、師匠!?」

右手を両手で握られて、唐突に『師匠』呼びされたことに、目を白黒させる。

「あ、あの……リークさん？　なんで僕を師匠と……」

「それはもちろん、師匠の料理が最高だからっすよ！」

話を聞けば、どうやらリークさんはあまり美味しくない料理に嫌気がさし、日々料理の研究をしているのだとか。

今まで食べたものの中で一番だったのは、帝国おかかえ料理長が作る料理だったようだ。

だが、本日僕が作った料理を食べた瞬間、そのリークさんの中での最高が更新されたらしい。

しかもリークさん、この世界では珍しく、魔獣を使った料理の研究もしていることを話してくれた。

どうにかして美味しく食べられないだろうかと試行錯誤していたんだけど、ほぼ全敗だったんだとか。

そんな中、先ほど台所に行って僕が魔獣を食材にして美味しい食べ物を作っていたことを知ると、いたく感動したらしい。

「師匠！　お願いっす、俺を弟子にしてください！」

「えぇぇっ!?　そ、そんな……僕はBランク冒険者で、リークさんはSランク冒険者じゃないですか。そんなリークさんを弟子だなんて」

畏《おそ》れ多過ぎる……

引くレベルで僕が首を横に振っても、リークさんもなかなか折れてくれない。

「弟子と認めてくれるまで、この手を放さない！」

こんな風にまで言われてしまった。

「わ、分かりました……」

あまりの熱意に負け、僕はリークさんの料理の師匠になることを同意するのだった。

まさかここで、料理の師弟関係が出来るなんて誰が想像出来ようか……

リークさんに視線を向けたら、ガッツポーズをして喜んでいる。

するとリークさんは、早速僕に魔獣を使った料理を教えて欲しいとせがんでくる。

「師匠！　それで、どうすれば魔獣を美味しく料理出来るっすか？」

「……う～ん、僕が魔獣を美味しく調理出来るのって、たぶん僕個人の特殊能力があるからなんですよね」

「特殊能力？　もしかして、何らかの回復効果とかあったりします？　ご飯を食べている途中で疲れが取れる感じがしたから、驚いたんすよね～」

さすがSランク冒険者だけはあるね。やっぱり気付いていたか。

と言うことは、アリシアさんとミリスティアさんも察しているんだろうな。

ここで嘘を吐いてもしょうがないので、素直に頷く。

「はい。僕が作った料理には、ちょっとした特殊効果が付与されるんです。その他に、魔獣を美味しくする効果もあります」

タブレットのおかげだとは言えないので、少し誤魔化しつつこう伝える。

基本的には『レシピ』通りに作ってはいるけど、僕はいつも、少し調味料の量やバランスを調整している。

一方で、クルゥ君が手伝ってくれる時は、『レシピ』通りに完璧に作らなければ失敗することも多々あった。

つまり、僕以外が作るとわずかな分量の差で、微妙な味に出来上がる可能性が高いのだ。

そしてこの『レシピ』通りに完璧に作るっていうのが、かなり難しいのだが……

「ただ、僕の伝えるレシピ通りにしないと、美味しくなりませんよ」

かいつまんでそう説明すると、聞いたリークさんはやる気に満ちていた。

「師匠秘伝の調理方法……完璧に覚えてみせるっす！」

こうして、僕が『師匠』でリークさんが『弟子』という、なんとも不思議な師弟関係が出来たのだった。

ギルド職員と旅の最後

翌朝――

「師匠！　おはようございます！」

「おはようございます、リークさん。それにミリスティアさん、アリシアさんもおはようございます」

朝の支度をしてからリビングルームへ行けば、元気いっぱいのリークさんに挨拶をされた。

広いリビングルームにはもう皆さんが揃っていたのでそれぞれ朝の挨拶をする。

そこで早速、アリシアさんがリークさんを見て不思議そうな顔でツッコミを入れていた。

「師匠ってなに？」

「ふふ……先輩、俺はケントさんの料理の腕前に惚れ込み、弟子入りを志願したんっすよ！」

「はぁ!?　いつもやる気のなかったあんたが」

「弟子!?」

リークさんの言葉に、アリシアさんだけでなく、近くで話を聞いていたミリスティアさんまで驚いた反応をしていた。

そんな二人を煩《うるさ》そうに見ながら、リークさんは僕の背中を押して台所に向かう。

「俺はこれから師匠と一緒に朝食を作るんすから、ほっといてください」

そして調理台の前に立つと、僕に向かって勢いよく聞いてきた。

「師匠、今日はこれから何を作るんすか？」

「えっと、そうだな……出来れば簡単に一緒に作れるもので、女性の方でも美味しくお腹いっぱい食べれるものを出そうかなと思っているんで……」

考え込んだ僕は、ホットケーキを作ることにした。

まず、リークさんにボウルに入れたミルクと卵を混ぜてもらう。

「任せてください！」

そう張り切るリークさんは、泡だて器でカシャカシャと音を立てながら混ぜていく。

その姿は、普段料理をしているのが分かるくらい手馴れていた。

リークさんが一生懸命泡立てている間に、僕は腕輪の中からホットケーキの粉を取り出した。

袋をタブレットのゴミ箱に入れて消去してから、溶いてもらった液体の中に粉を投入する。

混ぜ過ぎ注意と書かれていたので、リークさんにサックリと大きくかき混ぜてもらい、生地《きじ》にダマが残るくらいにしてもらう。

地球にいた頃、生地がサラサラになるくらい混ぜちゃってたんだけど、このくらいがちょうどいいみたい。

やり過ぎちゃうと、ふっくらと膨らまない原因になるんだって。

濡らした布巾《ふきん》を用意してからフライパンを熱し、一度布巾の上で熱を取ってから生地を焼いていく。

「リークさん、生地を入れる時、少し高い位置から落としてもらってもいいですか？」

「……このくらいですか？」

「はい、大丈夫です」

『レシピ』によれば、生地は少し高い位置から落とすのがいいそうだ。

落ちた生地が綺麗な円形になり、それから少ししてプツプツと泡が出てくる。

「あっ、リークさん！　生地をひっくり返してください」

「了解っす！」

泡が出過ぎるのも膨らみにくくなるらしいので、ここでひっくり返してもらう。

リークさんはヒョイと生地を綺麗にひっくり返す。

僕、このひっくり返す作業が苦手なんだよね～。

どうしても水平に綺麗に返せなくて、歪《いびつ》な形になりやすい。

「おぉ～、膨らんできた！」

「火が通ったみたいですね。これでお皿に載せます」

厚さが二センチ以上にふっくらと膨らんだホットケーキは、箱に表示されているホットケーキの画像と同じ形になっていて、とっても美味しそうだ。

この作業をリークさんに何度も繰り返してもらい、一人三段重ねのホットケーキがお皿に盛られる。

「甘過ぎない柔らかい匂いっすね。美味そう……」

「このまま食べても美味しいんですが、バターやシロップ、果物と一緒に食べてもいいですし、ガッツリ系が好きならウィンナーや目玉焼きなんかと一緒に食べるのもＯＫです」

「おわぁ～！　全部食べてみたいっすね！」

「そうですね……今言ったものは冷蔵庫の中や、腕輪の中に入っているので出せますよ」

「本当っすか⁉」

嬉しそうにするリークさんと一緒になって笑っていると――

不意に後ろから視線を感じた。

僕が振り向いたところで、変な笑顔で僕とリークさんを見詰める女性陣と目が合った。

「いやぁ～ん！　可愛い男の子とイケメンが笑い合いながら台所に立ってるなんて！」

「これは、ありよりのあり！」

なにやら二人でキャッキャウフフと笑い合いながら騒いでいる。

二人はいったい何をそんなに嬉しそうに話し合っているのかな？

そう思って首を傾げていたら、リークさんがげんなりした表情で言った。

「師匠、耳が腐るんで気にしない方がいいっすよ」

リークさんの耳が腐るという言葉でなんとなく理解してしまった。

僕は、気にしないことにしようと料理に意識を向けたのであった。


出来上がったパンケーキを食べ終えた僕達は、再びダンジョン内の散策を開始する。

「はぁ～、昨日の夕食に続いて朝食もすっごく美味しかった～」

「ホントね～」

地下の高級ホテル並みの部屋から地上に出て来た後も、女性陣はまだ食事の余韻《よいん》に浸っていた。

食事が好評で何よりです。

そして今日も今日とて、いろいろな場所を見て回り、次々と素材や魔獣の肉を手に入れていくのだった。

そんな旅を数日続け、とうとう最終日を迎えた。

名残惜《なごりお》しく感じた僕は、朝食を食べながらボソッと言う。

「楽しかった旅も今日で終わりですね」

「ええ、寂しいです。それで、最後はケント君に見せたい場所がありまして、そこに行こうと思います」

ミリスティアさんが言う僕に見せたい場所って、どんなところなんだろう？

いつもであれば日が昇りきった明るい時間に地上に出るんだけど、今日はまだ辺りが薄暗い。

『亡霊』はこのくらいの時間には滅多に出てこないらしい。

そう思いつつ、皆さんと一緒に楽しくおしゃべりしながら、しばらく歩いていると……

「この崖のてっぺんが目的地になります」

先頭のアリシアさんが指さす方向を見上げた僕の頭に、断崖絶壁《だんがいぜっぺき》の山、という言葉が浮かぶ。

「……もしかしなくても、歩いての移動でしょうか？」

「はい。ハーネちゃんに大きくなって移動してもらうことは、これまでの道中で何度かありましたが、今回は他の魔獣に気付かれてしまう危険がありますからね」

そうですよね……

顔を引きつらせていると、リークさんが「師匠、大丈夫っすよ！」と言いながら、名刺サイズの金色のお札のような物を見せてくれた。

「これ、ギルマスにもらったものなんすけど、一時的に体の重力が軽くなる魔法が施されているもので、これを使えばこの険しい崖も簡単に登れるっす！」

「それに魔獣から身を隠す魔法もかけられているので安心なんですが……問題点は、使役獣には効かないんです」

それを聞いた僕は、いったんハーネ達をタブレット——アプリの中に入れる。

上級の特殊ダンジョンだから、僕より遥かに先輩の冒険者が言うことにはとにかく素直に従っておこう。

腕輪の中に皆が入るのを確認すると、リークさんが突然僕を肩に担《かつ》ぐ。

「うわわわわっ⁉」

「すいません、師匠。これからこの崖を一気に駆け登るっす。師匠は俺が上までお連れするのでご安心を！」

リークさんはそう言うと、グッと右足に力を込め駆け出した。

左肩に僕を乗せたまま、垂直に近い崖をもの凄いスピードで上へ進んでいく。

振り落とされないようにリークさんの肩に掴まりながら周囲を見れば、僕とリークさんを護るようにしてミリスティアさんとアリシアさんが並んで走っていた。

たぶん身体強化の魔法をかけてはいるんだろうけど、僕が同じ身体強化をかけたとしても、こんなに早く走れない。

皆さんの足を引っ張ってしまう可能性が高い以上、腕に抱かれての移動は精神年齢大人の自分にはかなりキツイが、こうした方が安全なのだろうと諦める。

ほぼ垂直の崖を駆け上がり、突き出た岩を空いている手で掴んで飛び、ふいに現れた魔獣をアリシアさんとミリスティアさんが片付ける。

……気付けば、二十分もかからないで頂上に着いていた。

「お疲れ様っす、師匠」

そう言われて地面に降ろしてもらったんだけど、僕に疲れは全くなかった。

むしろその言葉をかけるのは僕だと思うんですが……

「ありがとうございました」

そうお礼を告げつつ、そろりと頂上から地上を見下ろせば、眩暈《めまい》が起きそうなほどの高所であった。

リークさん達は涼しそうな表情で辺りを見回している。

「あっ、あっちの方向よ！」

遠くを見詰めながらなにかを探していたアリシアさんが指さす方向に目を向け、僕はその光景に驚きの声を上げる。

僕達がいる崖の頂上よりはるか上空を、巨大な竜が飛んでいた。

遠く離れていても巨大に見えることから、かなりの大きさなんだろう。

ただ、僕が驚いたのはサイズよりもその見た目だ。

体のあらゆるところが溶けて、ドロドロになっているように見える。

骨魚や骨鮫のように体の全てが骨じゃないんだけど、大部分が骨で、所々に溶けた肉が付いている感じ。

あれは何という魔獣なのか聞けば、『腐竜《ふりゅう》』または『炎獄竜《えんごくりゅう》』と言うとのこと。

どうして二つも名前が付いているのかと聞いたところ、答えはすぐに分かると言ってくれた。

皆が空を飛ぶ竜を見ているので、僕も倣ってそちらへと視線を向ける。

ボロボロになった大きな翼を動かしながら上空を移動していた竜の体に、突然変化が現れる。

空が明るくなり夜から朝になったと同時に、竜の体が尻尾の方から頭上に向かって真っ赤な炎に包まれ……炎が消えたと同時に、耳をつんざく音量の咆哮《ほうこう》が響く。

「うわっ⁉」

両手で耳を押さえながら竜を見れば、先ほどまでの骨と皮の姿から、がっしりとした筋肉に真っ赤な鱗が体の表面を覆う竜の姿へと変化していた。

いきなり変化した竜にポカンと口を開けていると、ミリスティアさんが説明してくれた。

「これはこのダンジョンでしか見られない光景なんですけどね――」

細かく話を聞くと、なんでもこの竜は、夜になると体が腐り、溶けて骨になった姿の『腐竜』になる。そして朝になると、今みたいにちゃんとお肉がついた『炎獄竜』へと変化する特殊魔獣なんだって。

特殊魔獣ってだけでも超高額で売れるらしいんだけど、『腐竜』になった状態で討伐、捕獲出来れば、Sランク依頼の中でもかなり上位の報酬金額になるとのことだ。

ただ、夜の視界の悪い状態で『亡霊』を相手にしつつ、アレの相手をするのは命がいくつあっても足りないとのことだ。

だからと言って朝に相手をすれば簡単かと言えばそうでもなく、ミリスティアさん達三人が束になってかかったとしてもかなり苦戦するとのこと。

しかも、この場が焦土《しょうど》と化すかもしれないなんて……めっちゃヤバい魔獣じゃないですか。

まぁ、今はシーヘンズさんの魔法で僕達の姿も何も見えないから安全らしいが、魔法がこの場で解けた瞬間に気配を察知されて襲われると言われた。

こっわ！

僕達の存在に気付かず、気持ち良さそうに空を飛んで離れていく竜を見送っていると、アリシアさんが口を開く。

「私達が見せたかった、ここでしか滅多に見られない光景、どうでしたか？」

僕は興奮冷めやらぬまま答える。

「凄かったです！　僕だけだったらたぶん一生見られない光景でした。ここに連れて来てくださり、ありがとうございます！」

三人は僕の言葉に嬉しそうに微笑んでくれた。

こうして、僕とギルド職員の皆さんで行く『旅』は終了したのだった。


ダンジョンからギルドがある町へと戻ってきた僕達は、その場で解散することになった。

皆さんはこれからギルドへと戻り、この旅の企画者でもあるシーヘンズさんの元へ行って報告などしなきゃならないらしい。

ギルド前に到着した僕は、解散する前に再度お礼を言った。

「あの、この数日は大変お世話になりました。すっごく楽しかったです！」

ぺこりと頭を下げると、皆さんが笑う。

「いえいえ、私達もケント君と一緒に旅が出来て楽しかったです」

「それに、めちゃくちゃ美味しい料理を作ってくれて……また食べたいくらいです」

「あはは、皆さんが良ければ、今度ギルドに行く時にでも差し入れをお持ちしますね！」

「わぁ〜！　嬉しい！」

「楽しみにしているね！」

ミリスティアさんとアリシアさんはそう言うと、そろそろ戻るねと手を振ってギルドへと戻って行った。

リークさんも二人の後に続いていたんだけど、途中クルリと体の向きを変え、スタスタとこちらに近寄ってくる。

「師匠。俺、明後日仕事が休みなんすよ」

ん？　突然どうしたんだろう。

僕が首を傾げていると、リークさんは僕の両手をガシッと掴んできた。

「明後日、師匠の都合が良ければ、俺に料理を教えて欲しいっす！」

「料理……ですか？」

「はい。魔獣や魔草を使った料理方法を知りたいんすよ！　そこでなんですが、あまり他の冒険者には知られてないダンジョンを俺、知ってるんすよ。師匠のランクでも倒せる魔獣が多くいるのと、他のどのダンジョンよりも魔草の数が豊富にあるっす！」

魔草が豊富にあるという言葉に心が引かれた。

「それで、そこで収穫したものを使った料理を教えて欲しいっす！　お願いします！」

そこまで言って、リークさんは頭を下げた。

嫌だと言えないし、あえて拒否する理由もない。

料理を教えてあげたいと思った僕は、笑顔で「いいですよ」と快諾《かいだく》した。

「マジっすか!?」

「はい。じゃあ、明後日……の何時に、どこで集合しましょうかね？」

「ん～、一時頃にギルド前に集合でどうっすか？」

「分かりました。じゃあそれで行きましょう」

僕がそう言えば、リークさんは握っていた手をブンブンと振り、

「明後日、よろしくっす！」

そう言ってギルドへと戻って行った。

「ふぅ。まさか、Sランクの人に師匠なんて呼ばれる日が来ようとは……」

人生、本当なにが起きるか分からないね。

「さっ、家に帰ろっか！」

僕は腕輪の中から出て来ていたハーネ達に声をかけつつ、皆で仲良くお家に帰ることにした。

家に着いた僕を、遊びに来ていたシェントルさん含め暁の皆が熱烈歓迎してくれる。

僕がダンジョンで獲ってきた珍しい魔獣を使ったフルコース料理を出したところ、皆は感動して涙を流していたのであった。


旅行から帰ってきた次の日、溜まっていた家事を片付けようと、僕は家の中を掃除したり、洗濯物をやったりして過ごしていた。

今回は僕がいない間、皆がやってくれたのもあって、楽だったね。

レーヌとエクエスは、ダンジョンで手に入れた素材の仕分けに忙しくしていたし、ハーネとライ

は旅行している間に出来なかった周辺のパトロールに出かけている。

明日はリークさんと出かけるから、今のうちに魔法薬をある程度調合しておこうと、空いた時間は部屋に籠って魔法薬の調合をしていた。

お店に卸す分は作り終えたので、明日行くダンジョンで必要になりそうな魔法薬も調合しておこうかな。

昨日までは、ギルド職員さん達のお陰でアプリを使う機会が全くなかったけど、明日行くダンジョンではそうもいかない。

傷を治す回復薬や、状態異常を治すもの、あとは魔力回復の魔法薬を作っておいた。

最近は消費する魔力が多いアプリも増えたし、そもそもアプリは時間が長ければ長いほど魔力の消費が激しくなるからその対策だ。

空が暗くなってきて夕食の準備をし、皆で美味しく食べてから片付けをして、一人ゆっくりとお風呂に入ってから自室に戻り——ベッドにダイブする。

リークさんに料理を教えるのは、料理教室をするみたいで楽しみではある。

ただ、僕以外の人間が魔獣を使った料理を作ったとしても、失敗する確率が高過ぎるのが不安だ……普通に『レシピ』を使わなくても美味しく出来る料理を多く教えてあげようと思う。

なにがいいかな〜。

オムライスもいいし、煮込むだけで美味しい野菜たっぷりポトフも捨てがたい。

そんなことを考えていると、ウトウトと眠くなってきて――気付いたら深い眠りに落ちていた。

リークさんの秘密

翌日――

リークさんとの集合時間より早く、僕はギルドの前に来ていた。

本日のお供は、お馴染みのハーネとライである。

レーヌとエクエスはまだ仕分け作業に忙しいみたいで、巣でせっせと働いていた。

お土産を持ってくるねとだけ、レーヌ達には伝えておいた。

ギルド入り口近くは人の出入りがあって邪魔になるので、少し離れた場所で待つことにする。

腕輪の中から取り出したブラシでライの毛を整えていたら、ギルドの方から声をかけられた。

「師匠っ、お待たせしました！」

そちらに視線を向けると、リークさんが私服姿で出て来たところだった。

「すんません、昔の仲間に声をかけられて、話し込んでいたら遅くなりました！」

「いえいえ、時間通りなので気にしないでください」

笑ってそう言いながら、今日はどんなダンジョンに行くのかと聞けば、『トローラディの森』と言う初級ダンジョンだと教えてくれる。

初級ダンジョンなら、僕でもいいところまで行けるかもしれない。

もちろん、ライとハーネの力を借りればの話だけど……

どのみち油断は禁物だ。

リークさんと一緒に歩きながらギルドの裏側に行き、人気《ひとけ》のない場所に来たと思ったら、リークさんが地面に石でガリガリと魔法陣を描いていく。

ガッタガタな魔法陣を見て、大丈夫なのかとちょっぴり不安になったが、ちゃんと発動した。

僕は胸を撫で下ろしながら、リークさんの後に続いて、水色に淡く光る魔法陣の前に立った。

「さっ、それじゃ行くっすよ！」

金色の長い髪を揺らしながらリークさんが詠唱すると――視界が一変した。

目を開けると、緑豊かな自然が視界いっぱいに広がっていた。

スゥ～ッ、と肺いっぱいに息を吸い込み、空気の美味しさを感じる。

ここ最近は中級以上のダンジョンに行くことが多かったから、こういうのどかな感じのダンジョンは久しぶりかもしれない。

「このダンジョンは、普通の森の中とほとんど一緒で、魔獣も魔草もそんなに強くない。でも、他のダンジョンよりは珍しいものがいっぱいある、面白いダンジョンなんすよ」

「へぇ～」

「まぁ、深層階はそこそこ強い奴がいるんで注意が必要っすけどね」

「分かりました」

リークさんが手渡してくれたダンジョン内の地図を、なくさないように腕輪の中に仕舞っておく。

「これからどこに行きますか？」

「そっすね……師匠は単独行動が好き派ですか？」

「え？　あぁ、初級ダンジョンなら、深層階手前くらいであれば単独でも行くことがあります」

「そうっすか……じゃあ、まずは深層階に行って、そこの階層は俺と一緒に行動しましょう。んで、中階層に移動して単独行動をするってのはどうっすか？」

「はい、それでお願いします」

深層階はさすがに一緒に行動してもらった方が安心だと思い、リークさんの提案に頷く。

「でも、集合の時間や場所とかはどうしますか？」

「ん～、料理を教えてもらう時間も考えたら、あまり長居は出来ないっすよね……じゃあ、単独行動を始めてから二時間後に、俺が師匠の元に行きます」

「僕のところにですか？」

お互い離れて移動しているのに、どうやって僕を探すんだろう？

不思議に思っていたら、リークさんが懐から何かを取り出した。

見ると、シンプルなシルバーの指輪だった。

「これを嵌めてもらうと、師匠がどこにいるか一発で分かるっす！」

どうやら、この指輪にGPSみたいな機能の魔法がかけられているらしく、すぐに探し出すことが出来るんだって。

そんなことも出来るなんて、ほんと魔法って凄いよね〜。

渡された指輪を指に嵌《は》めたら、ダンジョン内の移動を開始だぁ！

「ここのすぐ近くに深層階に続く場所があるんで、そこへ行きましょう」

そう言ってリークさんは歩き始める。

表層階から一気に深層階へと行けるのも珍しい。

どうやらそれはリークさんが魔法で作った『道』らしく、リークさん以外は使えないんだって。

そんな凄い魔法も使えるのかと尊敬の眼差しでリークさんを見ていたら、照れながら教えてくれた。

「や、俺って実は魔族の血が流れてるんすよね。だからそういった魔法もある程度得意なんすよ」

少し照れながら話すリークさん。

「えっ、リークさん魔族なんですか⁉」

「そうっすけど……あー……師匠も、魔族とかは苦手だったり？」

ちょっと申し訳なさそうにそう尋ねるリークさんに、僕はニコッと笑いながら首を横に振る。

「いえいえ、そんなことはないですよ？　だって、僕のパーティメンバーにも魔族の女性がいますもん」

「そうなんすか⁉」

何でここまで驚いているんだろう？

不思議に思って聞いたところ、どうやら僕達がいる国では滅多に魔族を見かけないらしく、同族が近くにいることが意外だったからだそうだ。

リークさんが作った『道』の入口に辿り着いた僕達は、深層階へと踏み入れる。

辺りを見れば、表層階とそんなに変わりがないように見える。

そう思いながらリークさんに視線を戻し、口を開く。

「僕、『魔族』だから嫌いとか怖いとか、そういう考えはないですよ？　それより、あのツヤツヤに輝く角……カッコよかったな～」

「は？　かっこ……いい？」

「角とかカッコいいじゃないですか！　以前、パーティメンバーの女性の角を触ってみようと思ったら、それはダメだって他の人に怒られちゃって」

「それは……ダメっすね」

僕の話を聞いたリークさんはポカンとした表情を浮かべた。

「師匠、ちょっと変わってるって言われないっすか？」

失礼な！　そんなことはないよ……たぶん。

僕が魔族の方を嫌悪しないと分かると、リークさんは胸を撫で下ろすようにしながら話し出す。

「実は……このダンジョン、本当は元々いた大陸とは違う大陸にあるんすよね」

「えっ、そうなんですか!?」

「そうっす」

どうやら移動魔法で、魔族が住む別の大陸にあるダンジョンへと一気に移動してきたらしい。

何度も行き来しているのと、魔力の消費をかなり抑えて使える魔法陣を独自に開発したらしく、他大陸間の移動がかなり簡単なのだと教えてくれる。

この人……普段はやる気がなさそうな感じだけど、本当は凄く出来る人なんだな。

そんなことを思いながら、ちょっとソワソワしてリークさんを見る。

「なんすか？」

僕の視線を受けて首を傾げるリークさんに、僕は思い切って聞いてみることにした。

「あの、聞いちゃダメなことだったらすみませんが……リークさんって、魔族としてはどんな姿なんですか？　角とかあるタイプですか？　それとも体全体が液体に変わるとか？」

魔族にもいろんな種族があるって聞いている。

ちなみに、グレイシスさんに以前聞いたら、分からないと言っていた。

子供の頃にご両親が亡くなっていて聞いていないというのと、魔族の中にはいろいろと混ざっている人達もいるので、自分の本来の姿がどれなのか、正解が分からないパターンもあるんだって。

リークさんはどんな姿なのかとワクワクしながら見詰めれば、ニヤリと笑って言った。

「いや、ほんと変わってるっすね～。俺の正体を知りたいっすか？」

「知りたいですっ！」

「ふっふっふっ。では、教えてあげるっす」

リークさんは右腕の袖を捲ると、腕を見せる。

何が起きるのかと見詰めていると――

「あっ、鱗が……」

ポツポツと、腕の表面に青黒い鱗が出現する。

それが一気に腕全体を覆うと、まるで蛇の胴体のようになった。

「蛇？」

「『土獄毒蛇《どごくどくじゃ》』

そして、『土獄毒蛇』と言って、本来の姿は蛇に限りなく近いっすね」

『土獄毒蛇』は牛を軽く一飲み出来るほどの大蛇なのだと教えてくれた。

「触ってみたいっすか？」

リークさんが蛇のように変化した腕を僕の目の前まで差し出してくれたので、恐る恐る右手で触れてみる。

その感触はヒンヤリしてるんだけど、もっちりとした弾力があって、ずっと触っていたい気持ち良さだった。

「くすぐったいっす！」

そんな手触りのよさに、リークさんの腕をしばらくナデナデしていると、そう言って腕を引っ込めてしまった。

ありゃりゃ、残念。

その後もリークさんの種族について色々聞かせてもらった。

土獄毒蛇は土系の魔法に特化しているらしく、リークさんもその一人で、そのおかげで魔植物使いになれたとも言っていた。

しかも毒を持つ蛇でもあるから、普通の魔植物使いとは違って、操る植物にいろいろな毒の効果を付与出来るらしい。

リークさんは腕を元に戻し、歩みを速くした。

「さて、俺の話はこれくらいにしておいて、深層階の魔獣を手に入れに行くっすよ！」

美味しいものをよほど早く食べたいのだろう、目をキラキラさせている。

この階層には川や湖もあると言うことなので、海鮮系の魔獣や魔草もたくさん獲りましょうという話になった。

早速進み始めたのだが、さすがSランク冒険者という感じで、腕輪の中に数え切れないほどの魔獣達が入っていく。

早く料理がしたいのか、超ダッシュで魔獣を倒していくリークさんの後ろを、僕とハーネ、それにライの三人はただ走って付いて行くだけだった。

楽で大変よろしい。

ある程度の魔獣は確保したところで、各自単独行動に移ることにする。

さっきとは別の『道』を通り、中層階へと足を踏み入れる。

「それじゃあ、ここからは別行動っすね。いいっすか？　絶対に無理は禁物っすよ！」

「はい」

「本当に危険だと思ったら、指輪の表面を三度擦ってください。そうしたら、俺がすぐに駆け付けるんで」

「分かりました」

お互い、いろいろと安全の確認をし合ってから、分かれる。

《あるじ～、どこにいくの？》

《なにかとるの？》

ハーネとライの言葉に、僕はうーんと悩む。

中階層まで戻ってきた僕達だったけど、欲しいものは、あらかた深層階で手に入れているからなぁ。

『危険察知注意報』を見てみると、リークさんは画面に映っていない……かなり離れた場所にいるのが分かる。

うん。これなら、〝アレ〟を試せるかな。

空中に浮かぶ画面を見ながら、それなりに強い魔獣が数頭集まる場所へと、気付かれないようにしながら移動する。

大きな岩に体を隠すように、岩と岩の隙間から魔獣がいる方を覗く。

巨大な鴉のような魔獣、『ナバワーン』が三羽いた。

空中に浮かぶ画面――『危険察知注意報』を見れば、**【『危険度40～69』自分の力だけでは戦えません。応援を呼ぶか、逃げましょう】**という表示だ。

『情報』を開いてナバワーンを調べてみたら、知能が高く、攻撃されれば怒り狂って強烈な嘴《くちばし》での攻撃が繰り出されると書かれていた。

その他にも、大きな体に似合わず俊敏で、趾《あしゆび》には強力な痺れを引き起こす毒があるそうだ。

それを見てから、僕はまず腕輪の中にある状態異常を防ぐ魔法薬を飲んでおくことにした。

今までなら、このレベル相手に戦闘することはなかったけど……新しいアプリ『魔獣合成』の試し時だ！

まずは腕輪の中から、使えそうな魔獣を探す。

ナバワーンの毒は魔法薬で相殺させるから怖くはない。

問題は攻撃を体に受けてしまった時だ。

今の僕が生身で**【危険度40～69】**もある魔獣からの攻撃を受ければ、ちょっと掠《かす》っただけでもダメージはデカい。

下手すれば即行動不能になる可能性もあるし、酷い怪我で上手く魔法薬を使えなければ生命の危機にもなる。

なので、攻撃を受けてもダメージをあまり食らわない――そんなものがいい。

「何かいいものはないかな～……お、これはいいんじゃない？」

見付けたのは、『シュルプリルス』と言う魔獣だった。

この魔獣は以前、カオツさんと一緒に行った中級ダンジョンで獲った魔獣である。

危険度は低く、近くに寄っても攻撃しない限り襲ってこない珍しい魔獣なんだけど、カオツさんの凄まじい攻撃を受けてもなお、体に傷一つ負うことのない頑丈な体を持っていた。

虎とサイを足して二で割ったような姿をしていて、大きさは象くらいあった。

そんな攻撃が一切通用しない魔獣に、カオツさんは口の中に手を突っ込んで魔法を放ち――瞬殺したのである。

あの時のカオツさん、カッコよかったわ～。

手に入れたシュルプリルスは五頭でかなり大きいから、『魔獣合成』でいっぱい使用したとしても問題はない。

しかも、『魔獣合成』で使う魔獣の体の一部は、小指の先程度の皮膚であったり、髭一本であったりと、かなり小さくても問題ないから、不足することはまずないだろう。

まぁ、『魔獣合成』で使用するには、使う部位をあらかじめ切り取っておく手間がかかるけど。

今回のシュルプリルスは、小さく切り取った皮膚を使う予定。

最強の防御力を誇る魔獣の皮膚を切り取れるのかと心配になったんだけど、この魔獣は絶命するとその防御力がゼロになるようで、解体する時はすっごく簡単だった。

この小さく切り取った皮膚と、あともう一つは……ハーネにまた鱗をもらって使ってみようと思う。

空を飛ぶ魔獣との戦いもよくあるので、なるべくなら飛びながらの戦闘に慣れておきたい。

このアプリを使えるようになってから、何度かハーネの協力のもと空を飛ぶ練習をしてきた。

リークさん達とのダンジョンでは披露《ひろう》する機会が全くなかったので、今回戦闘での初使用である。

けっこう緊張するけど、ハーネやライが近くにいて護ってくれるし、問題はないでしょう。

『魔獣合成』のアプリを開けば、『傀儡師』のうち、対象を自動で動かすことの出来る機能である『オートモード』の時と同じように、空中に僕の姿が表示される。

画面には、僕の『魔力残量』と合成が使用出来る時間を表示する『メーター』と『タイマー』、それにオートで魔力回復魔法薬を使えるようになっていて、これも『オートモード』と同じ。

魔力回復魔法薬の残量を確認してから、手に持った魔獣の一部を使用したい部分に付け——

「『合成《シンセティック》』！」

合成した瞬間から凄いスピードで減っていくメーター。

僕はハーネと同じ翼を動かして体を地面から浮かせると、岩蔭から飛び出して一気にナバワーン達へと突っ込む。

そのあとにハーネとライが続く。

僕達の存在に気付いたナバワーンが、翼を広げて威嚇《いかく》する。

「ハーネとライは、少し離れた場所にいる一羽を攻撃！」

《は～い！》

《まかせて！》

僕の側から離れたハーネとライは、それぞれの得意な攻撃魔法を使ってナバワーンを追い込んでいった。

『キエェエッ！』

僕に向かって飛んでくるナバワーン。

僕は右の翼をたたみ、クルリと体を回して鋭い嘴を避ける。

そしてそのまま地面にいたもう一羽のナバワーンへと向かって行く。

「うりゃぁっ！」

鞘から剣を抜き、下から上に向かって斬り込むも、避けられてしまう。

翼を羽ばたかせて上空へと逃げるナバワーンの後を追おうとしたら、頭にポスッと何かが当たる。

「……ん？」

なんだろう？　と思って振り向けば、『キュエエェッ！』と叫ぶナバワーンの顔がドアップであった。

「おわっ⁉」

驚いて後ろによろめいたら、ドドドドッ！　と胸を嘴の連続攻撃が襲った。

しかし……

こ、これは……『傀儡師』を初めて試した時に、猫のベッシーちゃんから喰らった猫パンチの方が痛いかも。

驚きの結果にしばし呆然としちゃったんだけど、魔力が急激に減っていくメーターが視界に入り、目の前にいるナバワーンの眉間に切先を突き立ててサクッと倒す。

少し離れた場所ではハーネとライが協力して、別の一匹を倒していたところだった。

残り一匹のナバワーンを、僕は翼を動かして追った。

攻撃が当たっても全然痛くなかったことで、心に余裕が出来る。

「おりゃっ！」

『クゲェエェッ』

痛くなくて、怪我もしないって……最強じゃん！　と思いながら、簡単に倒すことが出来たのであった。

合成を解除し、倒した魔獣を腕輪に回収する。

「ふぅ……このアプリ、まだまだ慣れるのには時間がかかりそうだけど、使いこなせるようになったら、凄くいいものになるな」

魔力回復の魔法薬が残り少なくなっているし、『魔獣合成』を使うのはこの辺で終わりにしておこう。

『魔獣合成』より『オートモード』の方が比較的魔力の減りは緩やかだ。

一回それを使ったら、あとは自分の力とハーネとライの力を借りて、出来るところまで進もうと歩き出した。

そうして歩き回ることしばし、時間が経つのはあっという間で、気付いたらリークさんとの約束の時間が近付いていていた。

あれから僕は、『オートモード』でムカデに似た魔獣の群れを倒し、魔法薬の素材になる部分を手に入れてから、魔草の採取に力を入れていた。

ここのダンジョンは、大陸が違うからなのかは分からないんだけど、今まで見たことがないような魔草や普通の植物、それに虫が多く生息していた。

『カメラ』で撮り、『情報』で確認すれば、元々の大陸では手に入らないものが多く、流通もほとんどないとの情報が書かれていた。

『ショッピング』で確認したら、今のレベルでは人間族の世界以外のものも購入出来ることにはなっている。けれど、僕が今いる大陸の物はグレーになっていて、**【今のレベルでは購入出来ません】**と表示された。

たぶん、この魔族が住む大陸のものを手に入れるまでのレベルになるには、めっちゃポイントが必要になるんだろうな……

遠い目になりながらそんなことを思っていると、僕を呼ぶリークさんの声が聞こえてきた。

「師匠！」

「あ、リークさん」

「一人で大丈夫でしたか？」

「はい。ハーネやライもいましたし、戦闘面での心配はありません」

「よかったっす！」

そして、リークさんはハーネやライの頭を撫でて褒め始めた。

「偉いっすね～」

そんなリークさんに、二人はエッヘン！　とドヤ顔なんだけど……

どうやら僕の『弟子』になったリークさんに、ハーネとライは召喚獣同士と同じような仲間意識が出来ているようだ。

ハーネは別として、人見知りするあのライが、こんな短期間で誰かに自分を触らせるのを許すことはないからね。

リークさんを呼ぶ時なんて《でしくん！》や《でしー！》だから。

ちょっと笑っちゃいそうになったよ。

「それじゃあ、料理を作る時間もありますし、帰りましょうか」

「そうっすね」

こちらに来る時に使った『道』がある場所まで、そんなに距離も離れていなかったので、ハーネかライに運んでもらわずに歩いて行くことにした。

歩いている途中、どんな料理が食べたいのか、食べ物の好き嫌いなどを聞いていた。

話を聞けば、リークさんは独り暮らしで自炊をしているらしい。

町の食堂で食べるものは当たりハズレが多く、しかも見た目からは想像も出来ない超絶辛い食べ物もあって、なかなか手が出せないんだとか。

その話を聞いて、リークさんもケルヴィンさんと同じで辛い料理が苦手なのだと心のメモに記入しておく。

これからどんな料理を作ろうか——と考えていた時、ふと視界の端にあるものが映って、視線をそちらに向ける。

「あっ、あれは⁉」

急に叫んで走り出した僕に、リークさんが「師匠⁉」と驚いた声を上げたが、それよりも僕は今見たものが気になっていた。

近くに行き、しゃがんで確認する。

「……どう見ても……ギョウジャニンニクだよな」

僕の目の前にあったのは、ギョウジャニンニクという地球でよく食べていた山菜。

お肉と一緒に焼いて食べてもよし、醤油に漬《つ》けてもよし、おひたしにしてもよしで、滋養強壮《じようきようそう》に強い効果がある食べ物である。

食べた後は口が臭くなってしまうけど、美味しくて食べるのをやめられないんだよね……

一応『カメラ』で撮って『情報』で確認すれば、地球産ギョウジャニンニクと同じ味で効果も似ていると書かれている。

それと、今の僕のレベルでは作れないらしいけど、特殊な魔法薬の素材にもなるんだって。

葉の下の赤い部分がピンク色というだけで、見た目はギョウジャニンニクと本当にそっくりだ。

こちらでの正式名称は『ギョジャジャ』と記載されていた。

「師匠、どうしたんですか」

「あ、突然すみません。ちょっと、美味しい山菜――植物を見付けちゃって」

僕がそう言うと、リークさんが僕の足元を覗き込み、頭上ではてなマークを飛ばしている表情をした。

「……師匠、本当にそれが美味しい食材なんっすか？」

「ん？　あぁ、はい、そうですよ？」

どうしてそんなことを聞くのかと首を傾げていると、ハーネとライも僕の真似をしていた。

そんな僕達を見ながら、リークさんが驚いたように言う。

「だって、それ雑草っすよね？」

「えっ、こちらの大陸では雑草なんですか!? 食べたり、魔法薬の素材にしたり出来るものなんですが……」

「や、こんなそこら辺、どこにでも生えているような雑草を食う奴はいないっすね。匂いもくっさいし」

確かに、臭い雑草としか認識されていないなら、食べようとも思わないよね……

「なんと……」

「それに、どこにでも生えている雑草なんで、この大陸に住む魔族の間ではこいつを採取してもたいした金にならないっつー話でした。だからだ～れも採取しようとする奴はいなかったっすよ」

「じゃあ、ここら辺一帯にあるギョジャジャを取っても大丈夫ですね」

肩を竦めながらそう言うリークさんに、僕は尋ねた。

「全く問題ないっす！」

そう笑顔で言われたので、ひたすらギョジャジャを詰める作業を始める。

ハーネとライ、それにリークさんにも手伝ってもらったおかげで、かなりの量を採取することが出来た。

僕の目の前には、『ショッピング』で購入した四十リットルの袋くらいの大きさの籠――それが四つほど地面に置かれていて、その中に山盛りのギョジャジャが入っている。

ムフフと笑いながら、大きな籠を腕輪の中に収納した。

「さっ、それじゃあ今度こそ帰るっすよ～」

「はーい」

次は目移りせずに、『道』がある場所まで歩いて行くのであった。

お料理教室開始

「はい、到着っす！」

リークさんの移動魔法を使い、ギルドの裏側に戻ってきた。

「それじゃあ、このまま俺の家に行きますかね」

「はい。よろしくお願いします」

「俺の家はこっちっすね」

リークさんがそう言って歩く方に、僕達も一緒に付いて行く。

辿り着いた所は――僕が思い描くSランク冒険者が住む家とは違っていた。

ボロくはないけど、年季が入った外観の木造建築で、二階建てのお家だった。

「俺の部屋は二階っすね」

そう言って階段を上がっていくリークさんに僕達も続く。

リークさんは歩きながらポケットに手を突っ込み、中から鍵を取り出した。

「ここが俺の部屋っす」

「おぉ……」

取っ手に鍵を差し込み、開いた扉の奥から見える光景に、僕は声を出した。

あまり広いとは言えない部屋の中には、乱雑に積まれ今にも崩れ落ちそうな本や脱ぎ散らかした大量の服、飲んでそのまま机の上や床に置かれている酒瓶などが散乱している。

どこかで見た腐海《ふかい》のような光景だ。

いや、人生初の依頼で受けた、暁の台所掃除をした時よりは良いけど……ここもなかなかに酷い。

男の一人暮らしだからこうだとは言えない。

だって、僕はそれなりに綺麗にしていたからね。

ただ、料理を普段すると言っていただけあって、台所だけはそれなりに綺麗だった。

唯一の救いである。

「……リークさん」

「はい、師匠」

「料理は、お部屋を綺麗にしてからにしましょう。不衛生なところでは作れませんので」

「……うっす」

僕も手伝いリークさんのお部屋を一時間かけて綺麗にする。

そして本題の料理の練習を始めようと話しかけた。

「さて！　それじゃあ料理に取りかかりましょうかね」

ダンジョンの探索や掃除をして汚れていたので、リークさんに浄化魔法を全身にかけてもらってから料理を開始する。

なにを作ろうか悩んだので、まずはリークさんに好みを聞いてみることにした。

「リークさん、好きな食べ物とか食べられないものはありますか？」

「ん～。なんでも食べれるけど、あんまり辛いのは苦手っすね。ただ、今まで食べてきた中で、魚や貝類は美味いと思ったことがないっす」

「なるほど……」

確かに、この世界の魚介類は泥臭いし生臭い匂いも半端ないんだよね。でもそれだって、下ごしらえでどうにかなる。

腕を組んで考える。

まずは、魔獣が材料じゃないもので、かつレシピを使わなくても美味しく調理出来るものを作って、その次に魔獣などを使った料理を作ろうかな。

「うん。それじゃあ、最初は魚介類を使った簡単で美味しい料理を作りますね」

「えぇぇっ！　魚介類で美味い料理っすか？」

さっき彼が魚や貝は美味しくないと言ったばかりだから、あの反応も分からなくもない。

今から作るのはリークさんでも簡単に出来そうなお鍋料理だ。

材料は、エビに似た『シュプリ』とブリに似た『リブサ』、そしてホタテの味がする『ホトホトタテ』。

野菜は『ヒョロネーギー』を大量に投入して、その他は魚介類メインの鍋にしよう。

ちなみに、今回使う食材は『ショッピング』で購入したんだけど、リークさんには腕輪の中に元々入れていた食材だと伝えている。

先にヒョロネーギーを切っておき、魚介類の下準備に移る。

「それじゃあ、ここからは僕と一緒にしていきましょう」

「師匠、よろしくお願いしまっす！」

では、シュプリから調理しよう。

殻《から》を剥いたら、背中に沿って包丁で切り込みを入れ、中の背わたを取り除く。

僕がやった通りにリークさんも切っていくが、さすが普段から料理をしているだけあって手際がいい。

リブサとホトホトタテも同じように下準備をして、食べやすい大きさに切る。

こちらの世界にある少し度数の強い白ワインをふりかけ、臭みを消していく。

この世界には調理用の日本酒といったものはなかったんだけど、それに似たお酒があったので、それを使用した。

それから、腕輪の中から土鍋を取り出したんだけど、リークさんが初めて見る形だからか、その鍋を興味深そうに見てくる。

僕の故郷で使われているものと説明すると、同じような鍋が欲しいと言うので一人用の土鍋をプレゼントした。

そんなやり取りを済ませてから、鍋の中に切った食材を詰めていく。

お水とお酒、こちらの世界にもあるバター、そして腕輪から出した——透明なガラス瓶に入れておいた、顆粒《かりゅう》ダシや味噌をといたものをお鍋に注ぐ。

調味料は、人によって混ぜ方だったり、入れる順番があったりすると聞くけど、お鍋でそんな失敗をすることはないので、ここは全部混ぜたものを一気に投入。

その方が分かりやすいでしょ。

「師匠。そういえば、さっき入れた『ダシ』と『ミソ』ってなんすか？」

お鍋に調味料を混ぜた汁を注ぎ終えたリークさんが、不思議そうに聞いてきた。

その質問には、自分の故郷で作っている秘伝の調味料だと返しておいた。

この顆粒ダシと味噌もこの世界では手に入らないものなので、プレゼントすることにした。

「えっ、こんなに貰ってもいいんすか⁉」

「はい。家にまだたくさんありますから。顆粒ダシや味噌を使った料理もたくさんあるから、次回また教えますね」

僕がそう言うと、とても喜んでいた。

ぐつぐつとお鍋を煮込んでいる間に、魔獣の料理に取りかかる。

僕がいなくても作れるもの……う～ん、どれがいいかな？

僕以外が魔獣料理を作るとなると、きっちりレシピ通りに作らなきゃならないんだけど、慣れてきたら絶対自己流が出ちゃうからな……

ちょっと悩んでいたんだけど、ふと、めちゃくちゃ簡単な料理があったことを思い出す。

「リークさんってお肉好きですか？」

「めちゃ好きっすね」

「じゃあ、美味しくいっぱい食べられる『針トカゲ』を使いましょう」

「針トカゲ……了解っす！」

腕輪から僕が針トカゲのお肉を出すと、リークさんの顔が少し固まる。

旅の時、食事の中に魔獣のお肉が入っているのは伝えていたけど、目の前で調理するのでは全然違うだろうしね。

しかしリークさんは気合を入れ直すと、針トカゲのお肉の塊を僕が言う通りにカットしていく。

僕は地球産の塩胡椒を手渡す。

「独自にブレンドした塩胡椒です。お肉を焼く前に、これを両面に振ってください」

「……こんなもんすか？」

「はい、大丈夫です。かけすぎると、しょっぱくなっちゃうので気を付けてくださいね。次に、フライパンを熱して火が全体にいきわたったら、お肉を焼いていきます。切った厚さと焼き加減で変わってくるんですが、厚みのあるお肉は普通の焼き加減で焼いて、薄いお肉の方はカリッカリになるまで焼いてみましょう」

「うぃっす！」

ジューッ、という焼き音と、肉が焼ける良い匂いが部屋を包み込む。

「やべ、この匂いだけで涎《よだれ》が……」

腕で口元を拭く素振《そぶ》りをするリークさん。

そんな様子を見ているうちに、お肉が焼きあがったので火を止めて、お皿に盛る。

ちょうどお鍋の方も蓋から蒸気が上がり、出来上がったようなので火を止めた。

ごはん……お米は、こちらの世界のものもあるんだけど、リークさんのところには置いてなかったので、腕輪の中に入れておいた『冷凍《れいとう》した炊き立てごはん』を取り出す。

この世界には、さすがにラップなんてない。

普段炊いたごはんが残ることは少ないんだけど、稀に残った場合は適当な大きさのお弁当箱に入

れて冷凍保存している。

それで、一人で食べる時や外に出かけている時、米を食べたくなったら取り出して使うのだ。

そして、冷凍されたご飯を温める必要があるんだけど、そこはハーネさんの出番です。

《まっかせてー！》

冷凍ごはんの周りを高速で回ってご飯を温めるハーネレンジはとても優秀で、カッチコチに固まっていたごはんも、数秒でほっかほかのごはんにしてくれた。

「へぇ～……『風葉蛇《かざはへび》』をこんな使い方をするの、初めて見たっすねー」

ハーネを、リークさんは興味深そうな目で見る。

その表情は、普段のやる気のない態度とは違い、鋭い冒険者の顔をしていた。

でもすぐにそんな凛々《りり》しいお顔は崩れ、僕の方を見る。

「早く作った飯を食いたいっす」

「あはは、それじゃあ食べましょうか」

テーブルの上を綺麗に片付けて拭いた後、作ったものを全て置いていく。

先に少し味付けを濃くしてカリッカリに焼いた針トカゲの肉、野菜とチーズを、バターを塗ったパンで挟んだサンドイッチを手渡す。

「いただきまっす！」

口を大きく開け、ガブリとかぶりつくリークさん。

目を閉じながら、もぐもぐもぐもぐと口を動かし……カッと目を見開いた。

「——うっめ！」

そして秒でサンドイッチを食べ終える。

次に、お肉が載ったお皿をリークさんの前に置き、こちらの世界にもあるケチャップに似たものをお皿の端に盛る。

「まずはそのまま食べて、次にケチャップを付けて食べてみてください。こちらはパンよりもごはんが合いますよ」

リークさんは僕の言葉通りに食べて——すぐにお皿からお肉が消えた。

次にお鍋の蓋を開ける。

「うん、良い匂い」

蓋を開ければ、お味噌とバターの甘い匂いが鼻をくすぐる。

深皿にたくさん盛り付けて渡すと、リークさんは早速食べ始める。

「うま！」とか「臭みがないし、食欲を促進する匂いだ！」とか「え、貝ってこんなに柔らかかったか？」とか一人で何やらブツブツ言っていた。

味噌バター鍋は僕も初めて作った料理だったから、どんな味か気になってるんだよね。

食べてみたら——かなり美味しかった。

これならまた暁で作ってみようかな、と思っていたら、凄い速さでおかわりを繰り返していたリークさんによって、お鍋の中はすっかり空になっていた。

「……はぁ……至福っす」

「ふふ、お粗末《そまつ》さまでした」

僕が食器を片付けようとしたら、リークさんは浄化魔法で一瞬に綺麗にしてしまう。

そして僕の方にずずずいっと近寄ってきた。

「師匠！」

「うわっ……は、はい」

そうかと思えば、また手を握られる。

リークさん、無駄に王子様みたいな美しい顔をしているから、近くに寄られると変に緊張するんだけど……

「やっぱり、俺には師匠しかいないっす！　まだ数回しか師匠の料理を食べてないっすけど、もう俺の細胞は師匠の料理によって作り替えられました！」

「いやいや、そんな大袈裟《おおげさ》な……」

「い～やっ！　大袈裟なんかじゃないっすからね。俺、一生付いて行きます！」

「あはは……まぁ、よろしくお願いします」

もう苦笑するしかなかった。

――それから、まだ帰るには時間があるからと、リークさんといろんな話をしていた。

リークさんはギルド職員になってから一年くらいしか経っていないんだって。

「あぁ、そう言えば結構前に、ミリスティアさんが新人君が入ったって言ってましたね」

「それは俺のことっすね」

そう言いながら、お鍋を食べて汗をかいていたらしいリークさんが、後ろで緩く結んでいた髪紐を解く。

ガシガシ手で頭をかいているが、長い金髪を下ろしている姿を見て、誰かに似てるなと思った。

誰だっけ？　と心の中で首を傾げていると、リークさんが口を開く。

「いやぁ～、実はギルド職員になったのは失敗だと思ってたんすよね～」

「え、どうしてですか？」

「だって、俺よりも格下なギルド員が溢れるギルドっすよ？　喧嘩《けんか》があったとしても楽におさめることが出来るし、そんな混んでもなさそうなギルドだったんで、仕事も適当でいいと思ってたんすよ。だってのに思ってたより忙しいし」

おいおいと思える話の内容であったが、次の言葉に瞬《まばた》きする。

「それに、一番面倒だったのが……暗殺に手馴れている集団に襲われた時っす」

「え？　そんな人達にどうしてリークさんが!?」

驚いてそう問えば、リークさんも不思議そうに首を傾げていた。

「いやぁ～、俺も分かんないっすよね～。ただ、その時は俺と似たような金髪の若い男達が見境なく襲われてたんで、それのせいっすかね？　ただ、仕事中ってことで深追いは出来なかったのが心残りっす。そうじゃなかったら全員捕まえてたのに……」

そのリークさんの発言に、僕は首を傾げる。

「……以前、ギルドに行った時にミリスティアさんが、『金髪のギルド職員がその襲撃に遭ったそうなのよ』って言っていたんですが……もしかしてそれって」

「あ、それ、俺っす」

簡単に言うリークさんに、事情を知る僕は思わず声を上げかけた。

たぶん、それ……ラグラーさんと間違われて襲われたやつー！

そう、まだ記憶にも新しいが、クルゥ君の妹さん――クリスティアナさんが、ラグラーさんとケルヴィンさんを帝国に連れ去っていったことがあった。

かなり前からラグラーさんのことを探していて、今の黒髪ではなく、金髪だった昔の記憶を頼りにその髪色を持つ男性を襲っていたらしい。

それで、金髪長髪のリークさんもクリスティアナさんの仲間に間違われて襲われていた、ということか……

既視感の正体も分かった。

改めて見れば、食事を頬張っている時の姿はラグラーさんにそっくりだ。

うちのパーティメンバーのせいで、大変ご迷惑をおかけしました、とは残念ながら言えない。

なので……僕は、そっと万能調味料である『醤油』を故郷に伝わる秘伝のタレと誤魔化《ごまか》しつつ、大量にプレゼントすることにした。

リークさんは目をパチパチさせながら、僕から醤油を受け取る。

「えっ、そんな大事なものもらっていいんすか？」

「もちろんですよ！」

うん。喜んでもらえてよかったです。

また近々料理教室をする約束をしてから、僕はリークさんの家を出た。

《りーく、おもしろかったぁ～》

《へや、きたなかった》

「ぶふっ……ライ、リークさんに次にあった時、それは言っちゃダメだからね？」

大きくなったハーネに運んでもらっている最中、ライにしっかり注意しつつ、皆が待つ家へと帰って行ったのであった。


それからまた数日が経ち——

「えぇーっ!?　なんでもっと早くに言ってくれなかったのさっ！」

「ご、ごめんよクルゥ君」

僕は今、半泣き状態のクルゥ君に怒られていた。

妖精国に行くのに、同伴者が三名までOKとのことだったので、僕は一緒に行ってくれる人を探そうと暁のメンバーに声をかけていた。

まずはクルゥ君に話してみたんだけど……どうやら数日前に、ギルドで魔獣討伐の依頼を受けてしまったみたい。

そして残念なことに、その日程が、僕が妖精国に行く日と重なっているのだ。

一人での討伐依頼だなんて珍しいなと思っていたら、自分の『魔声』と使役獣を武器にどこまで魔獣を討伐出来るのか、というフェリスさんからの試験でもあるとのこと。

ただ、もっと早く僕が声をかけていれば、その依頼ももっと後に受けていたと怒られた。

「ごめんって。た、たぶん、デレル君に言えば、友達である僕やクルゥ君をまた妖精国に誘ってくれると思うよ？」

「……本当？」

「うん、以前フェリスさんも妖精国に行ったことがあるって言ってたし、行けないことはないと思うから」

「分かった……絶対にお土産買ってきてね」

「もちろん！　いっぱい買ってくる予定なのでご安心を」

クルゥ君の言葉に、僕は胸を叩いて言った。

しかし、困った。クルゥ君が行けないとなると、残りは必然的に大人三人組となる。

二階にあるクルゥ君の部屋から出て、皆の予定は空いてるかな？　と思いながら一階に降りて行けば、三人とも居間にいた。

ちょうど皆が揃っていたから、妖精国に行けるかどうか聞いてみたら……なんと皆、行けるとのことだった。

カオツさんなら、めんどくさがって行かないって言うと思ってたんだけど、妖精国に行ったことがないので行ってみたいという、単純な動機だった。

ラグラーさんとケルヴィンさんも予定が入っていないし、タダで行けるなら行きたいという理由で話にのっかってきた。

「それじゃあ、妖精国に行った時に気を付けることやルールなどを聞いた方がいいと思うので、デレル君を呼んでみたいと思います」

ちょうど今日は、デレル君が稽古を受ける日だからタイミング的にも良いでしょ。

だいぶ前からデレル君は魔獣に慣れたり、戦い方を勉強したりするために、暁のラグラーさん達に稽古を付けてもらっているのだ。

いつもの雪の形をした結晶を使ってデレル君を呼べば、すぐに来てくれた。

「ケント、どうかしたか？　あ、もしかして今日はケントも一緒に稽古をするとか？」

デレル君の稽古日に僕から呼ぶことは基本なかったので、そう思ったみたいだ。

でも残念ながら違います。

「うん、稽古はまた今度一緒にしようね。僕がデレル君を呼んだのは、今度妖精国に行く時に一緒に行く同行者が決まったから、伝えておこうと思って」

「あぁ、ついに決まったのか。それで同行者は誰に……」

デレル君がふと何かに気付いたかのように、自分の近くにいる人達を見て固まる。

「もしかして……し、師匠達が同行者？」

「うん。クルゥ君やフェリスさん、それにグレイシスさんも、皆用事があって行けないって言われてさ」

フェリスさんだけ行けない理由は違うけど……

それはそうと、デレル君が固まる気持ちも分かる。

元々ラグラーさんとケルヴィンさんの稽古だけでもキツかったのに、それよりさらに手厳しいカオツさんが暁に入ったのだ。僕やクルゥ君としては、戦闘力がかなり飛躍したし三人には心から感謝して、尊敬もしてはいるけど……デレル君からすると、いきなり三人が一緒にいるところを見たら、どんなキツイ練習メニューを練っているのかとビクついちゃうんだろうね。

そんなデレル君はコホンと一つ咳払いをしてから、話し出す。

「そうか……それなら、師匠達が妖精国内で楽しく過ごせるよう、帰ったらいろいろと準備しなきゃな」

デレル君がそう言えば、大人三人組は優しく笑う。

「ははは、よろしく頼むぜ！」

「楽しみにしてる」

ラグラーさんとケルヴィンさんが笑った後、カオツさんが続けて言った。

「お勧めの美味い酒があれば、よろしく頼む」

それから、デレル君は妖精国での過ごし方を説明してくれた。

フェリスさんが言っていたように、妖精国は閉鎖的な部分があるとのこと。

長老レベルの気難しい高齢の妖精族に特にその考えの人が多く、デレル君のような若者は比較的そういうのは少ないらしい。

ただ、他国の人間が入って来ることが滅多にないから、ジロジロと見られる可能性がある。

それ以外は特に何か気を付けることはないが、妖精族の中には過激な服装をする方がいるため驚くと言われた。

あと、妖精族の長老に出会うことがあったら、フェリスさんと薬師協会会長であるチェイサーさんの名前は絶対に出さないようにと厳命された。

「あん？　なんでうちのリーダーの名前を出しちゃダメなんだ？」

不思議そうにラグラーさんがそう問えば、遠い目をしたデレル君が小声で言う。

「……や、フェリスがいろいろと昔にやらかしたらしくて」

僕の頭の中で、フェリスさんの出禁はそのやらかしが原因なんじゃなかろうかと結びついた。

「フェリス、何やってんだよ」

「まったくもって、何をやらかしたんだか」

ラグラーさんとケルヴィンさんは手で顔を覆って、呆れていたのであった。

それからも妖精国についてデレル君はいろいろと説明してくれた。

そうそう、妖精族を束ねるのは『薔薇《ばら》の女神《めがみ》』と言われている女王様なんだって。

妖精族の女王様！　これぞファンタジーって感じだよね～。

遠目でもいいから一度は見てみたいな。

そんなことを思っていると、デレル君がちょっと自慢気に胸を反らした。

「女王陛下は、強力な結界魔法で他国からの侵略を何百年も防いでいる凄い方なんだ。俺の母親は女王陛下の妹でな。一人しかいない王女様とは従妹《いとこ》で幼馴染なんだ」

「えっ、それじゃあデレル君……めちゃくちゃ身分の高い人なんじゃ⁉」

僕がそう聞けば、微妙そうな顔をしながらデレル君は肩を竦めた。

「あぁ、うちの母親、伯爵だった父に一目惚れをして、周りがドン引きするくらい押して押して押しまくって嫁いだもんだから、別にそこまで高くもないぞ？」

いやいや、伯爵家&王女様が従妹で幼馴染とか、身分が高くないわけがないでしょ。

「妖精国に行ったら、『デレル様』って呼んだ方がいい？」

そう聞いたら、首を振られた。

「いやいや、やめてくれ。いつも通りでいいから……俺の大切な『友人』で『師匠』なんだ。誰にも文句は言わせないよ」


その後もいろいろと説明を聞いていたら、あっという間に時間が過ぎる。

「よ〜し！　そんじゃ、妖精国に行ったらしばらく稽古が出来なくなるから、今日は練習メニューを増やしてやっていくぞ！」

パンッと両手を叩きながらそう言うラグラーさんに、今まで和やかな雰囲気で喋っていたデレル君の顔が瞬時に引きつった。

僕はそ〜っと音を立てずにその場から離れようと思ったんだけど、背中にドンッとなにかがぶつかり、足が止まる。

え、と思いながら後ろを見れば、腕を組みながらカオツさんが僕を見下ろしていた。

「おい、どこに行こうとしてんだよ」

「え？　いや、僕はこれから夕食の下準備をしようかと……」

「あぁ？　いつもはもっと遅い時間にやってるだろうがよ」

そう言いながら、僕の肩を掴む。

「ちょっとは戦えるようになったとはいえ、オメーはまだまだ弱いガキんちょなんだよ。逃げられると思うなよ？」

ニッコリ笑いながら言われたら、諦めるしかないですね。

なんだかんだで僕とデレル君は二人で稽古を受ける羽目になり、それから二時間後——すっかり屍《しかばね》と化していたのであった。

妖精国にようこそ

「それじゃあ、行ってきまーす」

妖精国に行く日となった。

玄関を出て少し離れた場所で、フェリスさんとグレイシスさんに手を振る。

ちなみに、クルゥ君は僕より一足先にダンジョンへ行っていて、ここにはいない。

「いってらっしゃい」

「ケントく〜ん！　妖精国だけにしか売ってない美味しそうなお酒があったら、買ってきてねー！」

「は〜い、分かりました〜！」

返事をしながら手を振り終わると、僕は先日デレル君が来た時に渡された、小さな雫《しずく》型の綺麗な石を腕輪から取り出す。

これはデレル君の魔力を固めたもので、妖精国に行くためのチケットみたいな役割を持っているらしい。

指で潰すと移動魔法が発動する仕組みになっているんだって。

顔を上げてラグラーさん、ケルヴィンさん、カオツさんを見ると、大丈夫だと返事してくれた。

ちなみに、今回はレーヌやエクエスも一緒に行くことになった。

滅多に行けない妖精国に行って、いろんな素材をゲットするのが目標とのこと。

レーヌはラグラーさんの頭の上にちょこんと座り、エクエスはケルヴィンさんの肩に仁王立ちするようにして立っている。

ハーネは僕の腕に絡まっていたんだけど、ライは……カオツさんの肩に乗っていた。

意外ではあるけど、ライはけっこうカオツさんを気に入ってるんだよね。

なんでも、僕の次にブラッシングが上手らしく、カオツさんのことを『お気に入り一号』とか『ブラッシング係』とか呼んでいる。

もしこのことがカオツさんにバレたらとんでもない目に遭《あ》いそうだ。

うん、他の人に使役獣の言葉が分からなくて本当に良かったよ……

「それじゃあ、潰しますね！」

雫型の石を指で潰すと、僕達を囲むようにして、金色の光を纏う魔法陣が地面に展開する。

そして——

「ケント、そして師匠達……ようこそ、妖精国へ！」

目を開けると、デレル君が僕達を笑顔で出迎えてくれた。

驚きながら辺りを見れば、僕達が立っているところは一面ガラス張りの巨大な温室のようなところだった。

綺麗な色を持つ花々が一面に咲いていて、標本でしか見たことのないような色彩豊かな蝶《ちょう》がヒラヒラと飛んでいる。

そしてそんな室内には僕達を出迎えてくれたデレル君の他に、リーゼさんもいた。

「デレル君——じゃなくて会長、今日は僕達を妖精国に招いてくださり、ありがとうございます」

ここには友人関係として来たんじゃない。

だからそう挨拶したんだけど……デレル君はそんな僕を見て目を見開くと、手を振りながら笑う。

「あはは、そんなかしこまらなくてもいいって！　いつも通り『デレル』でいいよ」

「あ、そうだった……」

デレル君に妖精国の話を聞いた時、いつも通りでいいって言われてたんだった。

「まぁ、今回は魔法薬師協会の会長としてケントを招いてはいるけど、魔法薬師協会の奴らは誰もいないんだ。友人として、気軽にこの国を見て回って欲しい」

「デレル君……ありがとう！」

僕とデレル君がそんなやり取りをしていると、リーゼさんが近くに寄ってきた。

「ケント君、それに皆さん。ようこそ妖精国へ」

そう言いながら、僕達の胸元に金色と翠色が混ざった不思議な宝石が付いたブローチ――サクランボのような形をしたものを取り付けていく。

「これは、デレル様がご招待した『特別なお客様』であると示すものです。この国にいる間は、外さずにいてくださいね」

どうやらこのブローチは、地球で言うパスポートの役割をしているようだ。

聞けば、妖精国で『金』と『翠《みどり》』の色は、デレル君の家紋でしか使えない禁色なんだって。

だから、この色のブローチをしている僕達は、デレル君の家が認めた人達ですよ――と保証されたようなものなのだ。

ブローチを見ている僕らに、デレル君が妖精国での予定を話してくれる。

「今日は初日だから、まずはこれから俺の家に行こう。今後の予定を話し合ったり、首都を観光したりした後に、妖精族式の歓迎会をしようと思う」

「妖精族式の歓迎会？　うわぁ～、楽しみ！」

どんなものだろうとワクワクしていたら、早速移動することになった。

聞けば、この温室はデレル君の家の敷地内にある施設なんだとか。

デレル君とリーゼさんの後を歩きながら温室を出ると、深い森に生えていそうな大きな樹が両脇に植えられている、舗装《ほそう》された道があった。

そこを少し歩けば、僕達がいる場所からかなり離れたところに大きな建物があるのが見えてきた。

『城』と言った方がいいレベルの建物であるが、デレル君は「あれが俺の家だ」と教えてくれる。

王族とのご親戚と言うだけあって凄いなと、僕やラグラーさん、それにケルヴィンさんとカオツさんが驚いていると……まだデレル君のお家までかなりの距離があったのに、気付いたら大きな玄関の近くに立っていた。

どうやら固定式の移動魔法陣を敷地内外、いろんな所に刻んでいるらしく、離れた場所にも一瞬で移動出来るとのこと。

帝国の皇子様でもあるラグラーさんも、さすがにどこにでも移動魔法陣を刻むことは出来ないと言って、驚いていた。

妖精族の魔法はやっぱりすげぇなと、ケルヴィンさんと一緒に頷いている。

「デレル様。立ち話もなんですから、皆さんを早く中に案内いたしましょう」

「お、それもそうだな」

リーゼさんが大きな扉の前に立つと、扉が自動ドアのように両側に開く。

すると――まるで、高級ホテルの広いラウンジに来たような光景が目に飛び込んできた。

しかも開かれた扉の右側にはメイド服のようなものを着た女性が、左側には執事《しつじ》や従僕《じゅうぼく》のような、黒い燕尾服《えんびふく》を着た男性が、ズラリと並んで立っていた。

「「「「お帰りなさいませ」」」」

中に入って行くデレル君とリーゼさんに頭を下げてから、後に続く僕達にも丁寧に頭を下げて歓迎の言葉を述べてくれる。

デレル君とリーゼさんは慣れているからか、いつもと変わらない感じだ。

ラグラーさんとケルヴィンさんも皇子やその乳兄弟《ちきょうだい》といった間柄だからなのか、こういった対応にも慣れている感じ。

僕はキョロキョロオドオドしながらそんな中を歩いていた。

カオツさんだってこういうのに慣れてないよね？　と思いながら横を見上げれば……別に緊張も何もしていないような涼やかな顔で、ポケットに手を突っ込んで歩いていらっしゃる。

自分一人だけがこの場でギクシャクしているのに気付く。

恥ずかしい……

「こちらのお部屋になります」

白を基調とした大理石の床の上を小さくなりながらしばらく歩いていると、リーゼさんがそう言って、不思議な文様が描かれた扉を開く。

再び、数人のメイドさんが僕達を出迎えてくれた。

「こちらのお席におかけください」と、一人につき一人のメイドさんが付き、「お飲み物はいかがですか？」とか「なにか必要なものはございませんか」と聞いていた。

僕は緊張して喉が渇いていたから、手渡された飲み物のメニュー表みたいなものの中から『花蜜水』を頼んだら、少し離れた場所にあったテーブルに近付いて行き、飲み物を作っていく。

「お待たせいたしました、花蜜水でございます」

「ありがとうございます」

細長いシャンパングラスのようなグラスを受け取って口を付けた瞬間、薔薇のような甘い風味が口の中いっぱいに広がる。

味はお水に少しだけ甘みがプラスされたような味だったんだけど、飲んだ後は口の中が爽やかな感じになる。

他の皆の様子を窺うと、お酒を頼んでいた。

妖精国でしか飲めないお酒らしい。

地球で言うノンアルコールに似たお酒のようだけど……

「味はちゃんとした酒なのに、酔わなくて面白い」

そう言いながら三人は嬉々として飲んでいた。

僕達が飲み物を飲み終わる頃には、近くにいたメイドさん達は部屋の隅に待機していた。

デレル君が呼ぶか、僕達が立ち上がらない限り寄ってくることはないらしい。

「ねぇねぇ、デレル君」

「ん？　どうしたケント」

「妖精族の皆さんって、けっこう際どい服装をしているみたいな話だったけど……ここの人達はそうじゃないんだね？」

見た限りでは、きっちりと着込み肌をあまり露出《ろしゅつ》している人達はいない。

それでも指輪や腕輪、それにヘッドドレスやイヤリングなどといった装飾品は、デレル君並みに着用していると思うけどね。

僕がそう聞けば、「あぁ、俺が人間の国にいるのに慣れてしまったから、ここで働く者には人間式の服装をさせているんだ」と教えてくれた。

まぁ、その方が僕達的にも目のやり場に困らないから助かる。

デレル君が座る椅子の横に立つリーゼさんが、手帳みたいなものを見ながら口を開く。

「それでは、妖精国での皆様の日程をお伝えいたしますね」

「まず、本日のこれからの予定ですが……移動魔法陣を使って、首都ビタムサーイスへ向かいます。そこで数時間ほど観光をしていただきます」

「わぁ～、楽しみです！」

「うふふ。妖精国でしか見られないものがたくさんありますので、期待しててくださいね」

リーゼさんは微笑みながらそう言うと、視線を手帳に戻し、今後の予定を話し出した。

観光が終わったら一度この場所に戻って来て、夕食をとって自由時間だ。

その時間は、この建物の敷地内ならどこに行ってもいいらしい。

もちろん入れない部屋もあるみたいなんだけど、この建物には至るところにメイドや執事、侍従といった方々が待機しているらしく、行きたいところがあればすぐに案内してくれるとのこと。

ケルヴィンさんが朝はトレーニングがしたいと言えば、外にある訓練所を借りてもいいと言ってくれた。

好きな時間にお風呂も入り放題だし、食べ物や飲み物もすぐに用意してくれるんだって。

まさに至れり尽くせりだ！

大人三人組は、晩酌《ばんしゃく》が楽しみだと笑っている。

明日は首都以外の妖精国の場所を観光する予定だが、それ以降は僕達が行ってみたいところがあれば、そこに連れて行ってくれるらしい。

観光マップみたいなものをリーゼさんから渡されて、それを部屋で休んでいる時に確認して、行きたいところを決めて欲しいと言われた。

どんなところがあるのか楽しみだなぁ～と思いながら、貰った観光マップを腕輪に仕舞う。

「そういえば、ここに泊まらせてもらうのに、当主に一度も挨拶をしていないが……いいのか？」

ある程度リーゼさんが話し終えた時、カオツさんが気付いたことを口にした。

確かに、ここのお家にしばらくお世話になるのに、挨拶もなにもしていない。

そう思って皆でデレル君を見たら、「それが……母が先週から体調を崩していて、別荘で療養中なんだ。父も心配して付いて行っている」と言う。

「えっ、大丈夫なの⁉」

「う～ん、見た感じではそこまで酷くはなさそうなんだけど……手足が少し動かしにくいっていうのと、上手く魔力を扱えないみたいなんだ」

それから詳しく聞くと、デレル君のお母さんは元々体が弱いらしく、心配したお父さんが強引にお母さんを連れて、ここよりも自然が多い別荘で休ませているんだって。

「本当は皆さんが来るのを当主様と奥様、お二人ともとても楽しみにしていりました。『私達は残念ながらお会い出来ませんが、ここを我が家だと思って、ゆっくり過ごしてください』と申しておりました」

リーゼさんの言葉に、この場にいないデレル君のお父さんとお母さんに、僕達は頭を下げるのであった。


「さっ、それじゃあ首都の観光にでも行きますかね！」

一応の流れを話し終えたところで、デレル君が手を叩いて立ち上がる。

今いる部屋から移動して、屋敷の裏手にやって来た。

この屋敷の中には、首都をはじめとしたいろんな場所に行ける『扉』が何ヵ所もあるんだって。

そんな『扉』の一つが、屋敷の裏手にある、これから僕達が使うものだ。

リーゼさんは嵌めている指輪の中から束になった鍵を取り出すと、その中から一つのカギを選び、鍵穴に差し込む。

カチャリ、と解錠する音が聞こえ、リーゼさんが扉を押すと——妖精族の皆さんで賑わう光景が広がっていた。
リーゼさんとデレル君が先に扉の向こうへと歩いて行き、その後を僕達も進む。
「うわぁ……」
顔を上げれば、ダイヤのような形をした、大小さまざまな大きさの岩が何個も上空に浮かんでいるのが見えた。
岩の隙間からは、水が地上へと向かって滝のように流れ落ちている。
聞けば、その中心部分から清涼な水が湧き上がっていて、落ちた水はすぐに霧《きり》になるので地上には影響はなにもないそうだ。
そして、遠くに離れていても分かる大きな城――そこに、妖精族の女王様がいるんだって。
お城は白を基調としているんだけど、窓ガラスが全てステンドグラスのようになっていて、太陽の光に反射してキラキラと光り輝いているようだった。
口を開けながら辺りを見回していると、ハーネ達がウキウキしたような声で騒いでいた。
《すごいすごぉ～い！》
《みみがとがったにんげん、いっぱい！》
《ふむ……この国には同胞がいないようだな》
《これ、お前達！　騒がしくするでない！》
使役獣の中ではレーヌがまとめ役になっているようで、レーヌが怒るとハーネとライは少し静かになった。

そんな皆を見ながら笑いつつ、視線を街の方へ向ければ――建物自体は人間の国とそう変わりはないけれども、まるで花の街とでも形容したくなるほど、周囲は花で溢れているのに気付いた。

よく見れば、可愛い色や形をした小さなキノコだったり、草花だったりが道や建物を飾るようにして生えている。

街灯がない代わりに、小さなキノコが夜になると淡く光り出し、建物や道を照らすので、周囲が真っ暗になることはないらしい。

「まるで……おとぎ話の世界に迷い込んだ気分になるな」

ケルヴィンさんが驚いたような表情でそう言い、僕とラグラーさんが頷いた。

本当におとぎ話の世界のように幻想的な光景だった。

だけど……

歩きながら周囲を見渡していたカオツさんが、妖精族の皆さんの姿を見てそんなことを言う。

「おとぎ話の世界にしては、周りにいる奴らの格好がやけに扇情的《せんじょうてき》だな」

確かに……こちらの皆さんの服装は、なんというか……際どい感じだ。

昔テレビで見たことがある、ベリーダンスの衣装――アラビア風な衣装と似た感じで、ビーズや刺繍が施されたビキニの上にスカーフやズボンを穿いているんだけど、シフォン生地のようなものなので、体の線がほとんど見えている。

稀に腰から足首まであるスカートのようなものを穿いている人も見かけるけど、前と後ろしか生地がないものや片側にしかないものが多かった。

「妖艶《ようえん》だな！」

「目の保養だ」

ラグラーさんとケルヴィンさんは、なんか嬉しそうにしていた。

そこから数時間ほど街の中を見て回った。

僕達は妖精族の皆さんのような服装をしていないため、かなり目立っていたけど、比較的良好な視線を向けられていたんじゃないかと思う。

今は買わなかったんだけど、妖精国でしか買えない調味料や魔法薬の素材なども、自由行動が出来る日にじっくり見定めて買おうと心の買い物リストに記入しておいた。

普通に家の近くで購入しようとすれば数十万レン単位でしか買えない高額な品物が、ここでは数百レンで買えるのだ。

お金はまだまだいっぱいあるし、たくさん買うぞー、と心の中で拳を握る。

それから、妖精族の伝統工芸や歴史がある建物を見に行ったり、一般市民がよく食べる昼食——ちょっと硬いヨモギパンのようなものと、お花を使ったサラダやおひたし、豆のスープをいただいたりした。

見た目はとても華やかで、かなり美味しそうに見える。

でも食べてみたら……不味くはないけど、美味しくもない。

とにかく味が薄いのだ。

味付けは少々お塩をふりかけただけで、素材の味を生かした青々しい超絶ヘルシーなお食事という感じだろうか。

「草食動物にでもなった気分だぜ」

ボソッとカオツさんがそう呟いていたが、僕達も心の中で頷く。

聞けば、お花や葉野菜を多く使った食べ物は、妖精族にとっての郷土料理なんだって。

もちろん、お肉を使った料理もあるけど、生臭さが鼻についてあまり食べる人はいないらしい。

そこからまた街の中を歩いて観光を続け、妖精族の皆さんのお家の中を見させてもらう。

普段どのようにして過ごしているのか、生活に必要な道具はどのようなものなのか、といったことを直接妖精族の方から聞けて充実していた。


夕方になり、ある程度都内の観光を終えた僕達はデレル君の家へと戻って来る。

まだ夕食までは時間がありそうだ。

各々好きに過ごしていてもいいという話だったので、僕はいったん部屋に行くことにした。

部屋は一人一部屋ずつで泊まれるようになっているんだけど、一人で使うにはとても広い。四人で使っても十分な感じだった。

《我が主、明日は別行動をしてもいいであろうか？》

ベッドの上で、明日はどこでお土産を買おうかと、リーゼさんからもらった都内の地図を眺めていたら、レーヌが僕の肩にとまってそう聞いてきた。

「どこか行きたいところがあったの？」

《うむ。この国に生息している植物が大変珍しいものばかりでな……いろいろと見て回りたい》

「それじゃあ、夕食時にデレル君に聞いてみるね」

僕がそう言うと、レーヌは一つ頷いてから室内で大はしゃぎしているハーネとライの方へ飛んで行き、注意していた。

《これ！　静かにせぬかっ！》

その姿は女王様というより保育士さんのようである。

笑いながら、地図へともう一度視線を落とす。

手作り感満載の地図であるが、可愛らしい絵で道や建物などが描かれていて、所々にお店の情報——このお店にはどんなものが売っているとか、食事やお茶をするならここがお勧めといった内容が書かれている。

いつもキリッとした感じのリーゼさんであるけど、字は可愛い丸文字なんだな、と一人地図を見ながらほっこりしていたのだった。

まだ時間もありそうで、部屋にあったお風呂に先に入っておく。

一面大理石が敷かれている広い浴場にハーネやライ、それにエクエスと男同士で入ったんだけど、広い浴槽が嬉しかったのかハーネとライは楽しそうに泳いでいた。

エクエスは最初は僕の肩に乗っていたけど、さすがに浴槽の中に入れたら沈んじゃうから、桶《おけ》の中にぬるくしたお湯を入れてそこに入れてあげた。

体が濡れるのは嫌じゃないのかな？　と思ったんだけど、毛長蜂はとても綺麗好きらしく、雨が降ればいつも外で毛繕いをしているんだとか。

《少し冷ました、温かい湯もいいものですね》

そう言いながら、桶の縁に顎を乗せてエクエスはまったりくつろいでいた。

ちなみに、レーヌさんはもう一つある浴場にお一人様で入っております。

お風呂から出て、レーヌやエクエスの羽で僕やライの髪の毛などを乾かしてもらっていると、コンコンと部屋がノックされた。

返事をしながら扉を開ければ、リーゼさんが立っていた。

「ケント君、夕食の準備が整いましたので、これから『リックスネクの間』へご案内したいと思いますが、大丈夫でしたか？」

「はい、大丈夫です！」

僕やライの毛もほとんど乾いたし、準備は万端である。

廊下に出たところで、ラグラーさんを見かける。

「あれ？　ケルヴィンさんとカオツさんは？」

ラグラーさん以外がいないことに気付き、辺りを見回しながら聞くと、リーゼさんが教えてくれた。

「お二人は訓練場の見学をされていましたので、そちらから直接向かうことになっておりました」

「ケルヴィンはともかく、カオツはあんなチャラい見た目をしてるのにストイックだよな。体を鍛えたり、稽古を欠かさずしたりしているし」

そう、カオツさんって暇があれば体を動かしている。

その真面目さがケルヴィンさんと似ているからなのか、けっこう二人で会話しているのをよく見かけるんだよね。

食事をする場所まで歩いている最中、ラグラーさんに今まで何をしていたのか聞いてみた。

「ん？　妖精国内の新聞や経済関係の資料を持って来てもらって、部屋で見てた」

ラグラーさんもチャラい外見をしているが、巨大な帝国の皇子ということもあり、こういった国内外の情報を新聞やら何やらで定期的に仕入れている。

「ケント、お前はなにをしてたんだ？」

「僕は、明日の自由行動の時に買うお土産屋さんの場所、それに買いたい調味料が売っているお店がどこにあるのか、いただいた地図で確認してました。あと、さっきまで皆でお風呂に入ってましたね。ここのお風呂、かなり広いんですよ！」

僕がそう言うと、皆で泳いでたんじゃないのかとカオツさんに笑われてしまった。

いやいや、精神年齢が大人の僕はそんなことはしませんよ？　まぁ、ハーネとライは楽しそうに泳いでたけどね。

そんな話をしているうちに、お食事をするところ――『リックスネクの間』へと辿り着く。

中に入れば、僕達より先にカオツさんとケルヴィンさんが待っていた。

二人とも先に食前酒を飲んでいたらしく、ラグラーさんも「俺も食前酒が飲みたい！」と近くにいた侍従の方に頼んでいた。

僕達全員が席に着くとデレル君もやって来て、僕達の前に何十種類もの料理が運ばれてくる。

本日の夕食は、僕達人間の口にも合う料理を用意してくれたらしく、お肉を使った料理も多かった。

食べるものは街で食べた昼食より味は美味しいんだけど、やっぱりお花や葉野菜をふんだんに使った料理が多い。

お肉は、どんなものでも一度茹でてから焼いているらしく、ちょっとパサパサしているけど、人間国で出されているものと比べると、食べやすい硬さだ。

そんな夕食の席では、デレル君やリーゼさんといろんな話をした。

妖精族についての話はもちろんのこと、魔法薬や魔法薬の素材についても語り合った。

僕とデレル君は魔法薬のことでいろんな話をしていたんだけど、ラグラーさんとケルヴィンさん、それにカオツさんの三人は、リーゼさんから妖精族特有の剣術や攻防の魔法について聞いていた。

「リーゼは妖精国の中でも十指に入るほどの剣の使い手――剣士なんですよ」

そうデレル君が言えば、師匠達の目が光る。

あぁ……これは絶対明日の自由時間、剣稽古の相手をリーゼさんに頼むんだろうな。

そんなことを思いながら、ふと気になったことをデレル君に聞いてみた。

「あのさ、デレル君」

「ん？　なんだ？」

「リーゼさんがそんなに凄い剣の使い手なら、どうして剣稽古をリーゼさんにも頼まなかったの？」

「……それは」

疑問に思ってそう聞けば、デレル君が遠い目をしながら口を開く。

「いや、なんて言うか……リーゼは強いことには強いんだけど、教えるのが下手でさ」

「んん？」

「まぁ、はっきり言えば――剣士としては超一流でも、教師としては三流以下なんだ」

「えぇっ、そうなの!?」

驚きながらリーゼさんを見ちゃったら、リーゼさんも僕達の話し声が聞こえていたのか、少し照れた表情でこちらを見ていた。

「デレル様……酷い」

「嘘じゃないだろ。『普通に剣を握って、バーンと振ればいいんですよ』とか『こう、上から下に向けてシュバババッって突き刺せば当たります』とか擬音ばっかり使って、肝心なところを教えてくれないだろうが」

「……むぅ」

あぁ……リーゼさんは感覚派の方なのね。

僕達の場合は、その『バーンと振る』の『バーン』や、『シュバババッ』って、なんなの？　どんな風に振るの？

そこんところを詳しく知りたいのに、リーゼさんからしたら『バーン』は『バーン』だし、『シュバババッ』は『シュバババッ』なのだ。

リーゼさんはそれ以外の教え方が分からず、お互いがイライラしてしまうといった悪循環になってしまうらしい。

そういう意味では、暁の師匠達は、教えるのはかなり上手だし、それぞれが得意な戦い方を教えてくれる。

それに僕やデレル君、クルゥ君の苦手とするところを分析して、どうすれば克服出来るのかも的確に教えてくれるから、僕達の実力はメキメキと伸びていると自分達でも実感している。

「まぁ、なんだ。模擬戦の相手としてってことなら、うちのケルヴィンだって手加減出来ないから不向きだけどな」

そんなラグラーさんの言葉で、この話は終了したのであった。

王女様がやってきた

翌日——

朝食を食べ終えた僕達は、支度をしてから玄関ホールに集まっていた。

リーゼさんから本日の予定を聞いている最中、大きな音がして玄関の扉が開いたのでそちらに注目が集まる。

見ると、そこから一人の女の子がデレル君に駆け寄って来て——そのまま抱き付いた。

「デレル～！」

「うおっ!?　な、ナディー？」

デレル君の首に両腕を巻き付けながら、『ナディー』と呼ばれた女の子は僕達にキラキラした目を向けてきた。

「うわぁ～っ！　本物の『外国の人《そとくに》』だわ」

ナディーと呼ばれる女の子の登場に僕達が驚いていると、デレル君が注意する。

「おいっ、お客様の前で失礼だろうが！」

「うふふ、私ったらつい興奮しちゃって。ごめんなさい」

女の子は笑いながらデレル君から離れ、胸に手を当て軽くお辞儀《じぎ》をした。

「初めまして、『外国《そとくに》』の皆さん。私はガーディネット・ディル・リルデュ・シャーグヴェルグ・ナルディーナン・カルフェ・ルラルジュ・ガルディーナでございます」

「……け、ケント・ヤマザキです」

代表して僕が挨拶をしたんだけど、デレル君の時と同様に一度聞いただけじゃ覚えられないような長い名前で、どう呼べばいいのかと悩んでしまう。

「ナディーとお呼びくださいませ」

僕の困り具合を察してくれたのか、ナディーちゃんはそう言ってくれた。

「おい、ナディー。いつもは俺の家に近寄りもしないくせに、今日に限ってなんで来たんだよ」

「それはもちろん、叔父様《おじさま》からデレルが外国の人を家に招待するって聞いたからよ」

「……あんのお喋り親父め」

「こんな楽しそうなお客様を招待しているのに、私を呼ばないなんて……デレルって本当に薄情ね！」

「おい、お前は普通の妖精族じゃないんだぞ？　自分の立場を考えてから喋ってくれないか？」

デレル君は頭が痛いといった感じに手で額を押さえ、やれやれと首を振る。

どういうことかと思っていると、デレル君が「前に言ったこの国の王女だよ」と教えてくれた。

キラキラと光る黄金の瞳に、ウェーブがかった真っ赤な長い髪を持つ美少女で、妖精族らしい際どい衣装を身に纏っておられる。

そうそう、妖精族の皆さんは、自分達以外の種族のことを外国《そとくに》の人と呼ぶんだって。

日本で海外の人を『外国人』と言うのと一緒だね。

そんな王女様が「私も外国の皆さんと一緒に遊びたいわ！」と、デレル君の腕に自分の腕を絡ませながら言ったんだけど、デレル君は一言。

「ダメ」

「むぅ〜、どうしてよっ！」

「お前と一緒に行動しようものなら、護衛達もゾロゾロと付いて歩くことになる。そうすると、ケントや師匠達がくつろいだ状態で観光出来ないだろ」

「……うぐぐ。あっ、じゃあ、じゃあ！　夕食時に私も呼んで。それなら良いでしょ？」

「む……まぁ、それくらいなら」

ナディーちゃんとの会話が終わったデレル君が、改めて僕達に確認する。

「ナディーを夕食の席に呼んでもいいですか？」

皆で大丈夫だと頷くと、ナディーちゃんは目を輝かせて「やったぁ〜！」と飛び跳ねるようにして喜ぶ。

美少女にそこまで喜ばれると、なんとなくいい気分である。

「それじゃあ、それまで準備をしているね――うきゃ！」

デレル君から離れ、準備をするのにいったん帰ろうとしたナディーちゃんが、なにもない所でこけた。

「なにやってんだよ」

「いててて……うん、大丈夫よ、リーゼ」

「ナディー様！　大丈夫ですか」

前のめりにドベシャッとこけたナディーちゃんに、慌てたようにリーゼさんが駆け寄り、デレル君が手を差し伸べて起こしてあげていた。

「ありがとう、デレル。なんかここ最近、よくこけるようになっちゃって」

「運動不足なんじゃないのか？」

「そんなことはないんだけどな～？　あっ、あと、勉強をしている時になんだけど、羽ペンを何度も落としちゃうんだよね」

「……なんだって？」

ナディーちゃんの話を聞いたデレル君が、なにかを考えるように、眉間《みけん》に皺《しわ》を寄せた。

そんなデレル君を不思議に思ったのかナディーちゃんは首を傾げていたんだけど、「あ、準備をするのに時間がなくなるから！　また後ほどお会いしましょうね！」と言って、来た時と同様の速さで去っていった。

「それじゃあ皆さん、また後ほどお会いしましょうね！」

「妖精族のお姫様は元気があっていいねぇ～」

腕を組みながら、ラグラーさんはその様子を見てニコニコ顔だった。

確かに、元気溌剌《げんきはつらつ》って感じの太陽のような女の子だったな。

ラグラーさんの言葉にウンウンと頷いていたら、カオツさんに揶揄《からか》われた。

「おい、可愛い女の子だからって惚れんなよ？」

惚れませんよ！　僕、こう見えても中身はいい年した大人なんですから――とは言えないから、その場は笑っておいた。

「それじゃあ、移動しようか」

デレル君が今日連れて行ってくれる場所は、『聖獣の寝床《せいじゅうのねどこ》』だと教えてくれた。

『聖獣』とは、妖精国にしか生息していない獣で、魔獣とは違い人を襲わない生き物なんだって。

まぁ、攻撃をしたら反撃はされるらしいけど、害意を持って近付かなければ、攻撃は一切されないらしい。

そんな聖獣であるが、魔獣とは違い使役は出来ないそうだ。

ただ稀に、気に入った人がいればその人に力を分け与えて、自分と同じ能力を使えるようにしてくれるんだとか。

どんな生き物がいるんだろうとワクワクした気持ちになりながら、移動専用の魔法陣の上に乗る。

一瞬にして、青やピンク、黄色といった凄く小さな花が絨毯のように地面いっぱいに咲いている場所に、僕達は到着した。

すぐ近くには湖があり、小さな滝から落ちてくる綺麗な水がそこに流れているみたいだ。

《わぁ～！　すごーい》

《かけまわりたい！》

《これはなんと素晴らしい！　陛下、ここにはまだ私達が集めたことのないモノが、たくさんあります！》

《ふむ……我が主、良ければここから我らも自由行動をしてもよろしいか？》

『聖獣の寝床』に着いた瞬間、ハーネ達のテンションが爆上がりになった。

ハーネとライは空中と地面をクルクルと周り、レーヌとエクエスは初めて目にする植物やらなにやらを見たくてしょうがないらしい。

「デレル君、ハーネ達をここで遊ばせても大丈夫？」

「あぁ、問題はないぞ。ただ、滝の上には行かないようにしてくれ。そこからは聖獣の生息区域で立ち入り禁止なんだ」

「分かった！　――みんな、分かった？」

僕が向き直ってそう問えば、《うん！　いってきまーす！》と言って四方八方に飛んで行った。

「おぉ～、気を付けて行ってこいよー！」

ラグラーさんがハーネとライに声をかけていた。

レーヌとエクエスは大人だから心配ないと判断したのだろう。

「それでは皆さん、こちらの籠をお持ちください」

リーゼさんが僕達に小さな籠を手渡してきた。

中を見たら、セロリやカリフラワーに似た野菜が入っていた。

「あの、これは?」

「こちらは、聖獣が好んで食べる野菜――セーリョンとフラーフワです。聖獣に出会いましたら、これらを食べさせてみてください。機嫌が良ければ体を触らせてくれるかもしれません」

「うわぁ~、それは楽しみです!」

僕がそう声を上げると、聖獣を触ることに関して、デレル君が少し補足してくれた。

どうやら、聖獣を触ることが出来るのは、食べ物を差し出して全て食べてくれた場合のみらしい。

少しでも残した時は、触っちゃダメなんだって。

無理に触ろうとしたら猛攻撃を食らうから、気を付けるように言われた。

そこまで説明を終えたところで、二手に分かれて別行動しようということになり、僕とデレル君、リーゼさんと大人三人組といった感じに別れることにした。

リーゼさんと別れると、デレル君が楽しそうに口を開く。

「ケント! こっちに行けば、今なら『ダリュド』の幼獣を見れるぞ」

「ダリュド？」

「ウサギに似てるんだが、すっごく毛がふさふさしていて触り心地抜群で、耳がめちゃくちゃ長い聖獣だ」

「うわ、見てみたい！」

デレル君が走っていく方に付いて行けば、地面が何ヵ所か小山のように膨らんでいる場所が目に入る。

その小山の近くまで行くと、地面の一部に穴が開いていた。

デレル君はその近くでしゃがみ、ポンポンッと地面を手で叩く。

僕もデレル君の横でしゃがみながら穴の中を覗いていると——

「あっ、出てきた！」

鼻をヒクヒクさせながら一羽のダリュドが現れた。

ズルズルと地面に引きずるほど長い耳と、小さいながらもふんわりと丸いフォルム。クリっとした真っ黒なおめめ。ヒクヒクと動くお鼻——もう全てが可愛い。

「ケント、籠にあるセーリョンをやってみるといい」

「うん」

籠の中からセーリョンを一つ取り、それをダリュドの口元に差し出せば、パクリと口に咥《くわ》えてシャクシャクシャクシャクと食べ始める。

「はわわ……食べてる姿も可愛いんですけどっ！」

小さな前足でセーリョンを押さえ、幸せそうな顔で食べている可愛い姿に悶える。

「お、全て食べ終えたな……ケント、今なら聖獣に触れるぞ」

「ホント!?　あ、抱っこしても大丈夫？」

「あぁ、大丈夫だ」

デレル君からゴーサインが出たので、僕は恐る恐るといった感じでダリュドに手を伸ばす。

まず、頭から背中にかけてゆっくりと撫でたら、気持ち良かったのか、ダリュドは小さく鳴きながら目を細めた。

これなら大丈夫そうだと、そっとその小さな体を持ち上げ、胸に抱く。

「すっげ～、フワフワ！　うわっ、可愛い……持って帰りたくなる～」

「あはは、その気持ちは凄い分かるよ」

それから何頭か聖獣と出会うことが出来たんだけど、渡した野菜を食べてくれたのは最初のダリュドのみで、あとは惨敗だった。

「くぅ～！　あとちょっと、ってところで残されると悲しい……」

「たぶん、人間を見たことがないから警戒しているのかもしれないな」

「そっか……それじゃあしょうがないよね」

楽しくて、いろんな子に野菜をあげているうちに籠の中に入っていた分が底をついてしまった。

野菜をちょっと食べた小さなカバっぽい聖獣が僕達の側から離れたところで、リーゼさんがやってきて声をかけてきた。

「そろそろここから移動する時間になります」

「あ、分かりました！」

もうそんな時間かと、しゃがんでいた僕とデレル君は立ち上がる。

僕は少し離れたところにいたハーネ達を呼び戻した。

《あるじ〜！　たのしかったぁ！》

「おぉ、それはよかったね、ハーネ」

《はーねとおなじ、にょろにょろがいた！》

「にょろにょろ……蛇系の聖獣なのかな？　ライ、一緒に遊んでたの？」

《んーん。かじったらにげた》

「かじっ⁉　ライ、そういうことはしちゃダメでしょ」

ライに注意をしていると、肩にレーヌとエクエスがとまる。

《我が主、ただいま戻ったぞ》

「お帰り、レーヌ」

《双王様、ここはとても素晴らしい場所ですね！　何種類かの花の蜜や花粉などを採取出来ました！》

「ふふ、それは良かった」

普段冷静なイメージのエクエスが、興奮したように話す。

どうやら、とても稀少なものを手に入れたらしく、肩の上で跳びはねていた。

笑いながら顔を上げれば、近くにラグラーさん達がいるのに気付く。

「あ、皆さんは聖獣に触れましたか？　僕は、ダリュドっていう幼獣を抱っこ出来たんですよ。モフモフして可愛かったな～」

僕がそう言うと、ラグラーさんとカオツさんは二頭の聖獣に触れたと教えてくれた。

「ケルヴィンさんはどうでしたか？」

そう聞くと、ケルヴィンさんはスッと右手を上げる。

なんで右手を上げたんだ？と首を傾げていると、少し溜めた後にドヤ顔で答えた。

「五頭の聖獣を触った」

「なにぃ～？　いつも小動物に近付くと逃げられるくせに、聖獣には触れただと!?」

ラグラーさんが想定外だという表情をして言った。

ただ、僕はちょっと気になったことがあったのでラグラーさんに確認する。

「え？　ケルヴィンさんって小動物によく逃げられるんですか？　初耳なんですけど……」

僕がそう言えば、ラグラーさんは腕を組んでしみじみと語った。

「そうなんだよ。こいつ、こんな見た目をしてても小さな動物が好きでな……でも、猫や犬を触ろうとしても、威嚇されるか吠《ほ》えられるかの、どちらかしか見たことがねぇ～な」

「なぜか……私を見ると怖がってしまってな」

ケルヴィンさんは、心なしかしょんぼりしていた。

それじゃあ、今回聖獣を一番多く触れてとても嬉しかっただろうな……

「ケルヴィンさん、いっぱい触れて良かったですね！」

「あぁ、そうだな」

僕がにっこり笑いかけると、ケルヴィンさんも微笑んでくれた。

「さっ、それじゃあ次に行くぞ～」

「皆さん、こちらの魔法陣の上に乗ってください」

デレル君とリーゼさんの言葉には～いと返事をしてから魔法陣に乗れば、すぐに僕達は違う場所へと移動したのだった。


一度デレル君の家の前に戻って来た僕達は、今後の予定をどうするかリーゼさんに聞かれた。

これ以降は自由行動時間ということで、気になった場所を観光するのでもいいし、街中での食べ歩きをしてもいいということになってるけど……

ラグラーさんは、妖精国で一番大きな図書館に行きたいと言った。

人間の国ではベールに包まれている妖精国のことを、いろいろと知りたいらしい。

ラグラーさんの要望を聞いたリーゼさんは、腕輪の中から金色の小さな鍵を取り出し、それをラグラーさんに手渡す。

「国の歴史などが記された書籍が置かれているのは、王都の中心にある『プーツリット図書館』なのですが、そこは一般市民では立ち入れません。ですが、この鍵を守衛に見せれば入ることが出来ます」

「お、いいのか？」

「はい。しかし閲覧可能なのは、上から順に第一から第四まである資料階級のうちの、一番下の『第四階級資料』までです」

「あぁ、分かったよ」

鍵を受け取ったラグラーさんは、図書館まで案内してくれる侍従の方と一緒に一足先に出て行った。

ラグラーさんが部屋を出てすぐに、カオツさんが口を開く。

「美味い酒が呑みたい」

その言葉に、リーゼさんは笑いながら説明していた。

「当屋敷には、妖精国でも滅多に手に入らない五百年から千年ものの醸造酒《じょうぞうしゅ》や、混成酒、蒸留酒《じょうりゅうしゅ》といったものが数多くあります」

「へぇ～、凄いじゃん。それを少しずつ飲み比べ出来るのか？」

「えぇ、出来ますよ。よければ、お酒に合ったおつまみもお出ししましょうか？」

「よろしく頼む」

こうして、妖精国にあるお酒を飲み比べするプランを立てたカオツさんは、メイドさんの案内で屋敷内へと入っていった。

ケルヴィンさんは、妖精族の方との剣稽古を希望した。

リーゼさんが了承してくれたのだが、彼は稽古とはいえ一切手加減が出来ないタイプだ。

そのことをデレル君に教えられたリーゼさんは、少し頬に手を当て考え込んだ後、こうケルヴィンさんに提案する。

「あぁ……それでは、子供用の剣を使用しましょう！」

貴族の子供が真剣での練習をする時に大怪我を負わないように使用する特殊な剣があるらしい。

なんでも、刃はあるので当たれば薄皮一枚切れる怪我はするけど、それ以上の切り傷は付かないんだって。

ただ、当たれば衝撃はそのまま体に伝わるし、打撲や骨折などはする場合もあるとのこと。

だけどそういう傷は魔法や魔法薬などで治せるので、寸止め以外の攻撃は、首から上は禁止だけどそれ以外は自由、というのが子供が練習する時のルールだと教えてくれた。

「それなら、大丈夫そうだな」

「師匠！　出来れば、リーゼ以外の騎士とも稽古をつけてもらえませんか？　昨日から、うちの騎士達が師匠達と剣を合わせてみたいって騒いでいて」

　話がまとまったところで、デレル君がケルヴィンさんに頼み込んだ。

「あぁ、私は構わない」

「ありがとうございます！　それじゃあ、何人か師匠と対戦したい者を決めて、最後にリーゼと手合わせ――という形にしますね。リーゼ、後は任せてもいいか？」

「かしこまりました、デレル様。それじゃあケルヴィンさん、こちらへどうぞ」

　ワクワクした表情のケルヴィンさんが、リーゼさんとなにやら話し合いながら外にある練習場へと歩いて行く。

　残るは――僕。

「ケントはどこか行きたいところとかあったか？」

「う〜ん、皆と行った観光で一通りは見れたからな……」

　妖精族の生活体験やここでしか見れないような職業見学など、いろいろ見たり体験出来たりして楽しかった。

「そうだ！　ここに来れなかった暁の皆に、お土産を買っていくって言っていたんだよね。それに、ここでしか手に入らない調味料や食材なんかも見てみたいな」

　そう言うと、デレル君はドンと自分の胸を叩いた。

「分かった、それなら俺が街を案内するから任せとけ！」

こうして、僕とデレル君は二人で出歩くことにしたのだった。

異世界でチョコレート作り

魔法陣で街へと移動した僕達は、まずはデレル君お勧めのお店に向かう。

そこは妖精国内にある食材や調味料、その他の物も幅広く取り扱っている卸売商《おろしうりしょう》らしく、デレル君のお家の事業でもあるとのこと。

デレル君……身分もさることながら、めっちゃ大富豪じゃないですか！

とても立派な建物の前でポカンとしていると、そんな建物の中に入ったデレル君が一人の男性を紹介してくれた。

「ケント、お土産や自分が勝って帰りたいものなんかがあったら、このロッゾに聞けばいい。すぐに用意してくれる」

短髪筋肉モリモリマッチョマンな美形男子がニッコリ笑いながら、僕を見下ろしていた。

暁の男性陣も、戦闘職なので程よく筋肉が付いた素晴らしい体付きをしているが、こちらのお兄さんは美しく見せる筋肉って感じ。

でもゴツくないから、威圧感は全くない。

「初めまして、ロッゾと申します。なにか御用の品がございましたら、お申し付けください」

「ケントです、よろしくお願いします」

お互いぺこりと頭を下げて挨拶をし合ってから、建物の中に案内された。

広い通路を歩くことしばし、僕とデレル君は一際豪華な部屋へと通される。

ソファーの代わりに床に大きなクッションが何個も置いてあり、そこに座るようであった。

ほわぁ～と呆けながら辺りを見回していると、綺麗な衣装を身にまとったお姉さま達が部屋に入って来て、僕達の前に飲み物や美味しそうな果物がたくさん載ったお皿を置いていく。

カットされた果物を口に含んだら、甘酸っぱい味が口いっぱいに広がった。

「美味しい～！」

一緒について来ていたハーネやライ、レーヌ達も喜んで食べていた。

果物を食べて、飲み物も飲んで一息ついたところでロッゾさんに声をかけられた。

「失礼いたします。ケント様、こちらの中にお探しの商品がございますでしょうか？」

そう言って薄い本のような物を数冊手渡される。

何だろうと思って表紙を捲って中を確認したら、ギフトカタログだった。

「この三冊には、妖精国にいらしていただいた方がよく購入されるものをまとめております。青い冊子は比較的お手頃価格となっておりまして、赤い冊子はそれよりも高い価格で、黒い冊子は高級商品のみを取り扱っているものです」

「分かりました、ありがとうございます」

青い冊子は、だいたい五千から二万レンほど。

赤い冊子は三万から十万そこそこの料金で、高級品ばかりがある黒い冊子は、最低料金が十五万レンから……といったものだった。

しかも黒い冊子の中でも、最低価格と一番高い商品は、桁のゼロが二つも違った。

まぁ、今の僕であればそれなりに高い商品も買えるから、出来ればここでしか手に入らないものが欲しい。

「あの、ロッゾさん。妖精国のここでしか手に入らない商品ってありますか？」

「そうなると、赤い冊子か黒い冊子に載っている商品になりますね」

ロッゾさんはそう教えてくれる。

「そうですね……それなりにお金はあるので、お酒や調味料、女性が使えるような飾りや、魔法薬の素材などがあれば見せて欲しいんですが」

「商品を選んできますので、しばしお待ちくださいませ」

それからちょっとして、ロッゾさんが数十名の人と一緒に戻ってきた。

これから何が起きるのかと僕が驚いていると、ロッゾさんが五人ほどの女性に、僕とデレル君の前に出るように手招く。

部屋に入って来た集団の中から呼ばれた五人の女性は、一人一人が厚みのそれほどない箱を手に持っていた。

その人達は僕の前に跪《ひざまず》くと、箱の蓋を開けてくれた。

中には、色とりどりの宝石が使われた髪飾りやイヤリング、ネックレスやブレスレットなどがズラリと並べられている。

目を丸くする僕に、デレル君が説明してくれる。

「ケント、これは稀少な石や鉱物が採れると有名な『オレイウット』と呼ばれる鉱山から出た宝石なんだ」

「ほぇ～！」

「それと、妖精国の中でも指折りの魔銀細工職人が作っているから、身に着けているだけで状態異常や魔法防御、物理防御なんかも展開してくれる」

「凄いね。でも……お値段も凄そう」

「はは、友達価格で値引きするよ」

そう言ってデレル君は笑った。

それじゃあと、僕はティアドロップのオニキスが付いたシルバーのチェーンイヤリングを一つ選ぶ。

それから、サテン生地のようなシュシュに、ピンクや金色、透明な大小さまざまな宝石がお花のように飾られている物も選んだ。

ピアスはフェリスさん用、シュシュはグレイシスさん用だ。

グレイシスさんは、魔法薬の調合をしている時とかにリボンで髪を結んでることが多い。

でも、たまに取れかけて結び直すのを見ていたから、これをプレゼントにしたら喜んでもらえるかなと思ったのだ。

二人のお土産を選び終えると、今まで跪いていた女性が後ろに下がり、次に男性が数人出て来た。

男性のみなさんは本を手に持っていた。

これは、妖精国内でしか手に入れることの出来ない小説で、かなり古い時代に書かれた冒険譚らしい。妖精族の方でも手に入れにくいものなんだとか。

何十冊もあったので、デレル君お勧めの三冊を購入することにした。

ただ、文字が妖精語なので、翻訳魔法を無料でかけてくれることになった。

ありがとうございます！

そうして何度か人が入れ替わりで前に出てくるうちに、僕は一つの気になるものを見つけた。

「あっ、あれは⁉」

クッションの上に載っていて、見た目は魔法薬の素材と同じで乾燥した植物や木の皮みたいなものが瓶の中に入っているだけだ。

でも、あれは僕のいた世界ではどう見ても……

「ん？　『カカショコ』がどうかしたのか？」

デレル君が僕の驚いた声を聞いて、聞き返してくる。

そう、僕の視界に入ったのは、デレル君がカカショコと呼んだもの——どう見てもカカオの豆が入ったカカオポッドだ。

「あれはカカショコと言って、魔法薬や普通の薬にもなる素材だな」

「そうなの？　あれを食べたりしないの？」

「食べる⁉　苦すぎて、あれを食べようとは思わないな……」

どうやら、こちらではカカオを使ってチョコレートを作るという文化はないらしい。

まぁ、以前チョコレートフォンデュをした時、感動していたしな。

「ねぇ、デレル君。このカカショコって、妖精国でしか手に入らないの？」

「あぁ、妖精国以外では栽培出来ない植物だからな。たまに、魔法薬の素材としてカカショコの豆を焙煎《ばいせん》したものを、魔法薬師協会に卸して販売するくらいだな」

「そうなんだね……」

僕はちょっと悩んでから、デレル君に聞いてみた。

「ねぇデレル君。このカカショコの豆を使って、美味しいお菓子を食べられるようになったら嬉しくない？」

「カカショコの……豆のお菓子？」

デレル君は僕の言葉に一瞬変な顔をしたが、すぐに頷いた。

「うん、ケントが言うなら美味しいものが出来るってことだろうし……教えてくれるか？」

と、言うことで僕達は即席でチョコレートを作ることになった。

ただ、『チョコレートを作る』と言っても、僕にそんな知識はない。

そこで活躍するのが『ショッピング』である。

『ショッピング』でカカオ豆から作るチョコレートの本を探し、購入する。

「その本は何だ？」

そう聞いてくるデレル君に、僕は笑顔で返した。

「我が家に伝わる、極秘レシピ本です」

誤魔化しつつ答えた後、早速チョコレート作りに取りかかる。

まず、本の中には豆をよく洗って発酵《はっこう》させなきゃならないと書かれているんだけど、その工程を済ませたものをロッソさんに用意してもらった。

何か使い道はないかと試したものがあったそうだ。

この作業は時間がかかり過ぎるからね……本当に助かった。

それから焙煎して殻を剥く作業なんだけど、ここからは僕とデレル君の他に、ロッゾさんやこの場にいる皆さんにも手伝ってもらった。

あっという間に殻を剥き終わり、次にカカオの豆を粉砕する。

ミキサーがないので、ハーネに頼んで風で豆を粉砕して粉状にしてもらう。

カカオは油分が含まれているらしく、サラッとした粉というより少しシットリしている感じだ。

途中固まったものは取り除く作業をしながら続けていくと、見慣れたチョコレートのようにドロリと溶けたペースト状に変わる。

ここからは湯煎《ゆせん》をしながらと書いてあったので、お湯を張ったボウルを持って来てもらい、その上にすり鉢を置き、ペースト状になったチョコレートを入れる。

この時点で室内にチョコレートの良い匂いが充満して、口の中にチョコレートの味が広がる感覚がした。

ペースト状になったチョコレートの中に大量の砂糖を加える。入れた大量の砂糖を見て妖精族の皆さんは顔を引きつらせていたけど、かまわず棒でグルグルとかき混ぜた。

時間がめっちゃかかることを伝えたら、ロッゾさんが魔法で棒を高速回転させて練ってくれた。まるでミキサーのように回る棒が、チョコレートをさらに滑らかにしていき——手作業だと数時間かかるものがあっという間に終わってしまう。

元の世界のチョコレートのように、粒が残っておらず、トロトロな状態になったチョコレートの味見をするのに少しだけ舐めてみたけど……まだかなり苦かった。

本を見たら、焙煎が進むほど苦くなると書かれていた。たぶんこれのせいだな。

もう一度砂糖をいっぱい入れたら、妖精族の皆さんがめっちゃドン引きしていたけど……味はとても美味しいものに出来上がりましたよ！

デレル君は僕が作った料理やデザートを食べ慣れているから、信頼してくれている様子だった。

「俺はケントを信じている！」

うん、そんなデレル君には一番最初に味見をさせてあげようじゃないの！

確認したら鉄製の製氷皿があるらしく、丸い形や四角い形、花形や星形などいろんなものを用意してもらった。

その中に出来上がったチョコを流し込み、氷系の魔法が使える方に、冷やしてもらう。

一気にチョコが固まり——出来上がり！

製氷皿を捻《ひね》ると、中からチョコがコロコロとお皿の上に落ちてくる。

それをデレル君の口元に持って行けば——

「甘くてうまぁ〜っ！」

口に手を当て、美味しそうにもぐもぐとチョコを食べるデレル君に、ロッゾさんや他の方もゴクリと唾を飲む。

「たくさん出来たので、皆さんも食べてみてください」

お皿をロッゾさんに手渡すと、ロッゾさんが皆にチョコを分けてくれた。

皆、恐る恐るといった感じにチョコレートを口に含む。

「んんっ⁉」

そしてすぐに叫びながらお互いの顔を見合わせていた。

「なにこれぇ⁉」

「カカショコのほろ苦い味の他に、程よい甘みもあって……こんなの今まで食べたことないわ」

「これがあの激ニガ・激マズのカカショコ⁉」

「美味しい～！」

皆さんはチョコを食べた瞬間から、頬を紅潮《こうちょう》させながら話し合っている。

デレル君も喜んでくれていた。

「やっぱりケントが作ると、美味しいものが出来上がるな！　もう一つくれ！」

そしてすっかりハマったのか、僕に催促してきた。

見ていた本を腕輪の中に仕舞ってから、チョコレートを食べて上機嫌なデレル君に向き直る。

「ねぇねぇ、デレル君。今食べているのは『チョコレート』って言うんだ」

「あっ、これって初めてケントに出会った時に食べたやつじゃないか⁉」

「おぉ、よく覚えていたね、今調理した方法で作れば……いつでも食べられるよ」

「そうなのか⁉　でも、こんな凄い調理方法を簡単に教えてしまってもいいのか？」

「隠すようなものでもないからね」

「普通であれば、こういうものは秘伝の技法として一子相伝や、師弟関係の間のみに伝えられているものじゃないか」

僕の言葉に、デレル君は驚いていた。

「妖精族の皆さんにチョコレートを食べて欲しいし……あ、でも代わりといってはなんだけど」

そう言って、僕はあることを提案する。

それは、人間の国でもチョコレートを食べたいから、カカショコを人間の国に多く輸入出来ないか、ということだ。

「あぁ、そんなことならお安い御用だ」

そしたら、なんとデレル君はとても軽い感じで快諾してくれた。

「えっ、そんな簡単にいいの⁉」

「あぁ……別に妖精国ではカカショコは稀少な植物でもないからな。使えるのは薬の原料か、土の肥料にするくらいしかないから、どちらかと言えば余っているくらいだ。人間の国でチョコレートが流行《はや》れば、必然的にカカショコも多く売れるだろ」

「確かに……」

「そうそう、カカショコの輸出契約以外にも、ケントには『チョコレートの調理法』の対価も払う予定だ」

「へ？」

「当たり前だろ？」

僕が驚いて瞬《まばた》きすれば、デレル君に呆れられた。

「最初は、我が家門がチョコレートを独占販売させてもらう。その売り上げの中から、売上金の数割をケントに支払う契約も一緒にする予定だ」

うーん、元の世界の知識だから、お金を貰うのはちょっと気が引けるんだけど……まぁいっか。

「まぁ、どう売るかはデレル君に任せるよ」

「ありがとう！」

デレル君は販売方法をいろいろ考えているのか、「これは絶対売れるぞ〜」と喜んでいた。

「そうだ、ケントは人間の国でこのお菓子を売っているのか？」

「いや、売ってはいないよ。たまに、暁の皆に食べさせてあげるくらいかな」

しかも元の世界から購入してるものだけどね。

「あ、契約といえば、帝国の皇子様のシェントルさんと仲良くなって、その人にもレシピを教えてお金を貰ってるんだよね」

「そうか……帝国の皇子なら信用が出来るな。じゃあケント、その皇子にチョコレートを教えたらどうだ？」

「シェントルさんに？」

首を傾げれば、その人にチョコレートの販売も任せたら、僕の懐に莫大なお金が入って来ると教えてくれる。

「ケントだけじゃなく、俺や帝国の人間にとっても悪い話じゃない。それに、カカショコは魔法薬の素材にもなるから、俺の家でもかなりの数を取り扱っている。このチョコレートを食べたら、父も契約したことを喜ぶって！」

そして、デレル君は珍しく大きな声で叫んだ。

「これは絶対に売れる！　契約しないなんてありえない！」

ということで、デレル君とその場でいろいろと契約をしたのであった。

さすが魔法薬師協会の会長様でもあられるデレル君、こういう契約には慣れているのか、トントン拍子で決まっちゃったよ。

その後、僕はロッゾさんが持って来てくれた物を購入しまくった。

いやぁ～、旅行の時ってお財布の紐が緩むよね～。

合計金額を聞いたら、けっこう良い値段になっていたけど、大丈夫でしょ！

「またのお越しをお待ちしております」

購入した物は、後ほどデレル君の邸宅に届けてくれる手はずになった。

買い物を終えた僕達が建物の中から出ると、ロッゾさんや他の店員さん達がズラリと並び、お見送りをしてくれる。

おぉ、凄い光景だな……

ペコペコと頭を下げながらその場から離れたら、デレル君が尋ねてくる。

「他に行きたいところはある？」

「いろんな所を見学したし、買い物もしたし、僕は満足かな」

「そうか、それじゃあ一回屋敷に戻ってみるか？　ケルヴィン師匠の剣稽古がまだ終わってなかったら、その観戦をするのもいいだろう」

「あ、それもいいね」

話はまとまり、僕達は屋敷に帰ることになったのだった。


「お？　まだやってるみたいだな」

デレル君と一緒に魔法陣で屋敷まで帰って来たんだけど、屋敷から少し離れた場所から歓声が聞こえてくる。

どうやら、まだケルヴィンさんの剣稽古は終わってなかったようだ。

二人で歓声がした方――練習場へと走っていく。

「おい、なに遊んでるんだよ！」

「相手は一人なんだぞ！　真面目にいけ！」

「人間、強ぇ～！」

練習場に着くと、そこは白熱していた。

デレル君の屋敷に仕える妖精族の方々が集まっている。

騎士っぽい服を着た人以外にも、休憩を取っていたメイドや侍従などもケルヴィンさんの剣稽古を見に来ているようだ。しかも屋敷がある方を見上げたら、二、三階の窓からこちらを見ている人達がいるのも見えた。

「やっぱり、師匠は凄いな！　うちの騎士達は妖精国内でも戦闘の精鋭が集まっているって言われているのに、それを圧倒するなんて」

興奮したように話すデレル君に、やっぱりケルヴィンさんは強いんだなと再確認する。

練習場を囲むようにして立っている人をかき分け、中心部分まで進むと――三人の妖精族の方に囲まれるケルヴィンさんが見えた。

ケルヴィンさんは右手に剣を持っているけど、構えてはいなくて、自然体な感じで立っている。けど、見た目に反して隙が一切ない。

ジリジリとケルヴィンさんに近付いて行く妖精族の騎士の人達であったが、一人がグッと足を踏み込んだのに合わせて、全員が一斉にケルヴィンさんへと向かう。

それをじっと見ていたケルヴィンさんは、一人目を体を少しずらして切先を躱《かわ》すと、相手の足を払って地面に転ばす。

そして次の人が振るってきた剣の軌道を、自分が持っていた剣の根元で逸らし、ガラ空きになった脇腹に鋭い蹴りを放ってふっ飛ばした。

そのまま地面に倒れて起き上がろうとしていた相手のお腹を蹴り上げ、再起不能にしていた。

「うわぁ……手加減が一切ないな」

「痛そう」

デレル君と二人で、自分達がやられた訳でもないのにお腹を擦る。

ケルヴィンさんは残る一人も簡単に倒してしまった。

すると場内が再び沸いた。

「すげぇ～！　あの人間、一人で二十人抜きをしたぞ」

「人間の中にも、これほど強い奴がいたなんてな」

「ちょっ、次に対戦出来る奴はもう残ってないんじゃないか？」

「いやいやっ、うちで一番強いリーゼ様がまだ残ってるって！」

周りにいる人達の白熱した雰囲気が最高潮になる。

地面に倒れた三人を他の人達が助け起こし、少し離れた場所で治療をする。

ケルヴィンさんは一人、練習場の中央で、息を切らすこともなく自然体で立っていた。

かっけー！

そんなことを思っていたら、右側の方から、ワッ！　と歓声が上がる。

なんだろうとデレル君や周りの人達と一緒に歓声がしたほうへ視線を向ければ――動きやすい服に着替えたリーゼさんが、ケルヴィンさんの方に向かって歩いてきているところだった。

リーゼさんは肩に付いた長い髪を右手で軽く払いながら、ケルヴィンさんの前に立つ。

「今までケルヴィンさんの戦いを見させていただきましたが……かなりお強いんですね。驚きましたわ」

「恐縮です」

「うふふ、これから私のお相手をお願いしたいと思っておりますが……本気を出していただけるかしら？」

「……ふむ。貴女が相手となると、少しでも気を抜いたらすぐに負けてしまいそうですね」

まだ手合わせもしていないのに、ケルヴィンさんはリーゼさんがかなり強いと気付いたみたいだ。

あんな楽しそうな表情をするケルヴィンさんを、久しぶりに見る。

二人は中央に移動すると、向き合って剣を構える。

ケルヴィンさんが使用するのは、いつも彼が使っている剣に似ているロングソードだ。

対して、リーゼさんはダガーに似た双剣を顔の前で水平に構えている。

「はじめっ！」

審判役の人が声を上げるも、二人は一歩も動かない。

ジッと相手を見詰め、どう動くのか観察しているようだ。

今までの騒ぎが嘘のようにシーンと静まり返る。

誰かが唾を飲む音も聞こえてくるようだった。

そんな中、リーゼさんが最初に動く。

フッ、と口から息を吐き出すと、腰を低くしながら駆け出し、一瞬にしてケルヴィンさんの懐に潜り込む。

下から上に斬り込んでくる刃先を、ケルヴィンさんは右肩を少し動かすだけで躱して、死角から向かって来たもう一方の剣を鞘を使って防ぐ。

はっきり言って、動きがよく見えません。

一瞬だけ動きを止めた二人であるが、そこからが怒涛《どとう》の展開だった。

ケルヴィンさんがいつ鞘から抜刀したのか分からなかったし、リーゼさんが両手を左右に振っていたと思ったら、気付いたら飛び上がって空中で連続蹴りを繰り出しているんだよ。

えっ、いつ飛んだんですか？ って言いたい。

しかも上下左右どこから繰り出しているのか見えない攻撃を、ケルヴィンさんは右手で握った剣で防ぎながら、ちゃんと攻撃も加えているのだ。

手に汗握る戦いだ。

「うげ……リーゼのやつ、笑ってやがる」

「あ、本当だね。ケルヴィンさんも笑ってるよ」

リーゼさんとケルヴィンさんは、戦いならが薄《うっす》らと微笑んでいた。

全開で喜びを表してる訳じゃないが、好敵手と出会って嬉しそうな表情だ。

「なんか……ちょっとあの顔は怖いかも」

ブルリと身を震わせるデレル君の言いたいことも、少し分かる気がする。

二人が戦い出してから、もう二十分以上が経過しているんだけど……時間が長引けば長引くだけ、攻撃が鋭くなり狙う場所も危ういところが増えているように感じる。

それは周りで観戦している人達も気付いているんだろうけど、手出ししてもいいものなのか悩んでいるようであった。

そして、大して時間もかからないうちに僕達が危惧したことが現実になる。

お互いの腕や体、それに足から血が流れ始めた。

どんなに致命傷を負わないような魔法が施された剣でも、傷は出来るし、使い手次第では殺傷能力もあるのだ。

グラリ――とリーゼさんの体が傾いだ瞬間、ケルヴィンさんが反応した。

今まで握っていた握り方から、逆手に持ち変えたケルヴィンさんが、リーゼさんの心臓に向けて突くように腕を伸ばす。

ダメだ！

僕や周りにいる人全員が、これから目にするであろう悲惨な光景に、目を瞑ろうとしたその時――

「うぉいっ！　なにをやってんだよ、お前らは⁉」

「……はぁ。たかが練習に、なに熱くなってんだよ」

暁でチャラい外見一号二号なラグラーさんとカオツさんの二人が、リーゼさんとケルヴィンさんを止めてくれていたのだ！

よく見れば、ラグラーさんが少し屈んだ状態で両腕を伸ばし、ケルヴィンさんとリーゼさんの手首をラグラーさんが握って動きを止めていた。

カオツさんは、二人の剣を逸らし、切先がそれぞれの体に当たらないようにしていた。

ラグラーさんとカオツさんの二人がいなければ、リーゼさんは心臓を貫かれていただろう。

「師匠っ！」

「ラグラーさん、カオツさん！」

僕とデレル君が皆の所に走って行けば、ラグラーさんがケルヴィンさんの頭をグーで殴っていた。

「オメーは人様の家でなにをしてんだよっ！　危うくリーゼさんが大怪我を負うところだったろうが！」

「いてっ！　おい、痛いから殴るのはやめてくれ」

ケルヴィンさんが子供のようにラグラーさんに怒られてた。

「痛くしてるんだよ、バカッ！　少しは反省しろ！」

横を見れば、リーゼさんもデレル君に同じように怒られている。

そんな四人を、カオツさんは溜息を吐きながら眺めていた。お疲れ様です。

うん。普段落ち着いてて、冷静沈着なように見えるけど……リーゼさんもケルヴィンさんも、内に熱いものを秘めている似た者同士のようだ。

怒られ終わった二人は、お互い向かい合いながらいい笑顔で固い握手を交わしていた。

「また手合わせを頼みたい」

「ぜひ、お願いいたします。次はもっと貴方を追い詰めてみせます」

とはいえ今回の一件で、デレル君とラグラーさんの許可がない限り、二人だけでの剣稽古は禁止されたのは、言うまでもない。

自分の部屋に戻ってきた僕は、夕食までの時間をダラダラ部屋で過ごすことに決めた。

今日はほんといろんなことがあったから、ちょっと疲れちゃった。

顔を横に向ければ、近くでレーヌとエクエスが妖精国内で集めたものをテーブルの上に並べ、どれがどんなものに使えるかとか話し合っていた。

その反対側では、ライとハーネが先ほどのケルヴィンさん達の剣稽古を真似するようにして遊んでいる。

元気だね、キミ達……

「レーヌ、僕はちょっとだけ寝るから、夕食の時間が近付いたら教えてくれる？」

《分かった。我が必ず起こすゆえ、ゆっくり休まれよ》

「ありがと～」

一番頼りになるレーヌさんに頼みごとをして、僕は目を閉じたのだった。

人形病

《そろそろ時間になるぞ、我が主》
気持ちよく寝ていたら、レーヌの声と同時に香ばしい匂いがしてきた。
パチリと目を開けると、毒々しい色柄の小さなキノコを持ったレーヌが、僕の鼻先に浮いていた。
「起こしてくれてありがとう、レーヌ」
《うむ》
「ところで……その、いかにも毒キノコですって感じのキノコを何で持ってるの？」
《これか？　これは、眠気を覚ましてくれる作用があるキノコでな。この匂いを嗅げば、眠気も一気に吹っ飛ぶ》
確かに、いまだかつてないほどバチッと目が覚めました。
《食べれば一発アウトの危険なキノコだから気を付けるように》
そう言いながらキノコを仕舞うレーヌさん。
見た目からして危なそうなんで、食べようとは絶対思わないから大丈夫です、と思いながら起き上がる。

一度顔を洗って身だしなみを整えていると、扉をノックする音が聞こえた。

どうやらリーゼさんが迎えに来てくれたようだ。

皆を連れて廊下に出ると、今回はラグラーさんやケルヴィンさん、それにカオツさんもいた。

どうやら皆も今まで部屋で各々休んでいたらしい。

廊下を歩きながら、チョコレートの契約について伝えたら凄く驚かれた。

「豆を乾燥させて、すり潰して薬や魔法薬の素材にするのも良し、チョコレートにして美味しく食べるのも良しといった万能食材なんですよ」

その言葉にいち早くケルヴィンさんが反応した。

これからデザートでもなんでも、チョコソースをかけたり、細かく砕いてチョコチップにして食べたりと、味の幅が広がる。

またシェントルさんにチョコレートの作り方を教えて、帝国で流行らせてもらえたら、町の中でも美味しいチョコレートを使ったデザートを気軽に食べれるようになるでしょ。

それに……また売り上げの何パーセントか僕の懐に入ってくるかもしれないし！

そうなれば、タブレットの機能で現金をポイントに変えて、そのポイントでアプリのレベルを上げやすくなるからね。

歩きながら一人ニヨニヨと笑っていると、ラグラーさん達に変な物を見るような目を向けられた。

けど、それ以上なにも言われることはなかった。

「本日は『海の間』になります」

リーゼさんが昨夜とは違った場所に僕達を案内してくれたんだけど……扉を開けた瞬間、僕達はポカンと口を開けながら室内を見回した。

大理石の床以外の室内が、完全に海に囲まれたようになっていたのだ。

クジラくらいの大きな魚から、熱帯魚のような全体的にヒラヒラした背びれや尾びれが付いた魚など、数多くの海の生き物が気持ちよさそうに泳いでいる。

まるで、巨大な水族館にいるようだ。

しかも各方面に綺麗な色の光を発する石や岩が設置されていて、それらが水や、水の中を泳ぐ魚を照らし、室内を幻想的に見せていた。

「ほわぁー」

「これは凄いな」

「あぁ、こんな光景は初めて見た」

「……すげぇ魔法が使われてんな」

デレル君が待つ場所まで歩いている間、僕は周囲や天井を見ては終始感嘆していた。

ラグラーさん、ケルヴィンさん、カオツさんも珍しい光景に驚いている。

テーブルや椅子がないスタイルで、床にクッションが敷かれた場所で夕食をとることになった。

可愛い花びらが浮かんだフィンガーボウルみたいなもので指先を洗い、数種類の飲み物が小さなグラスに用意され、僕達の前に置かれた。

僕やデレル君には果実水が、大人組には食前酒が配られていた。

「もうすぐナディーが来ると思うので、師匠達は先にお酒を飲んでお待ちください」

「おっ、悪いな！」

デレル君の言葉に、ラグラーさんがニッコリ笑ってお酒を飲み始める。

ケルヴィンさんやカオツさんもグラスに口を付け、美味しいお酒に顔をほころばせていた。

僕も目の前にあるグラスを手に取り、飲んでみる。

マスカットジュースに似た味でスッキリとした味わいだった。

他のはどんな味なのかな？とグラスに手を伸ばした時、隣に座っていたデレル君が声を上げた。

「お、来たみたいだな」

僕達が座っている場所よりも少し離れたところに、金と赤が混ざった魔法陣が現れた。

光が収束すると魔法陣は消え、そこには綺麗な衣装で着飾ったナディーちゃんが立っていた。

うわっ、やっぱりめっちゃ綺麗だな〜。

あまりの美少女っぷりに見惚《みと》れていると、次のナディーちゃんへの対応が遅れてしまった。

魔法陣があった場所から、僕達がいる方へと一歩踏み出そうとするナディーちゃんだったが、右足がなにかに躓いたように、グラリと体が傾く。

「きゃっ!?」

ギュッと目を瞑り、衝撃に備えるナディーちゃんを見て、僕やデレル君が立ち上がろうとした……んだけど、いつの間に移動していたのか、ラグラーさんがナディーちゃんの手を掴み、転倒するのを防いでいた。

「……あ、ありがとうございます」

「いえいえ、お怪我はありませんか?」

「は、はい」

ラグラーさんが優しい声でナディーちゃんに話しかけると、ナディーちゃんの顔が真っ赤になった。

しかも、ラグラーさんはナディーちゃんの手を自分の肘に添えさせると、そのまま僕達の方へエスコートする。

さすが皇子様なだけあって、めっちゃスマートだ。

同じ男として、ぜひ見習いたいものである。

デレル君の横に座ったナディーちゃんは、ラグラーさんの手を放した後も顔を赤く染めながら、何度もチラ見していた。

可愛らしい反応に笑っていると、僕達の前にたくさんの料理が運ばれてくる。

お肉の他に野菜や海の物など、揚げたものや焼いたもの、煮物や生料理などなど、食べきれないほどの料理を前にして、僕達は顔を輝かせる。

人間の国よりも、妖精国の食事の方がどちらかと言えば美味しい。味付けは薄いけど、その分素材で勝負って感じ。

お肉系のものがなかったら、精進料理を食べているような感じかな。

でも、野菜などが飾り切りになっていたり、花の形のお刺身サラダのようなものがあったり、目でも楽しめた。

僕達が住んでいる国ではフォークやナイフ、それに箸を使う人が多いけど、妖精国ではそれに加えて手掴みで食べてもいいことになっている。

それぞれが、食事をしやすいものを使用して食べていた。

食事中、僕とデレル君は一緒にいろんなことを話していた。

自分の国に同性の友人を招いたことがなかったというデレル君は、終始興奮したように妖精国のことを語っていた。

それを楽しく聞きながら周囲を見れば、ケルヴィンさんとカオツさんは静かに食事をし、お酒を嗜んでいた。

うん、落ち着いた大人って感じ。

ラグラーさんはナディーちゃんと話していた。

聞こえて来た会話の内容は……予想と違っていて、王族や皇族の公務ですか?と言いたくなるようなものだった。

てっきりさっきのやり取りがあったから、恋愛小説のような展開を想像していたんだけどちょっと違った。

ラグラーさんはナディーちゃんからの質問に淀《よど》みなく答えているし、自分からも妖精国内で気になった疑問などを質問していた。

どうやら今日一人で妖精国の歴史などいろんなものを調べ、気になったことなどをナディーちゃんに聞いているんだろうね。

凄いや！

楽しい時間はあっという間に過ぎるもので、食事を開始してから二時間ほどが経過していた。

ハーネやライ、エクエスを見ると、いっぱい食べたり飲んだりしたからなのか、仰向《あおむ》けになって床の上に伸びていた。

お腹がポッコリと膨《ふく》れている……

腹八分にちゃんと抑えていたレーヌは僕の肩に乗り、食後の花の蜜を吸ってまったり過ごしていた。

さすが女王様は違いますね。

でも僕も、いつもより食べ過ぎたのか、少しズボンが苦しいや。

「お話し中失礼いたします。ナディー様、そろそろお時間でございます」

僕がお腹を撫でていると、リーゼさんがナディーちゃんの近くに寄って来て、声をかけていた。

どうやら帰宅時間が迫ってきたらしい。

「あら、もうそんなに時間が経っていたのね……あっという間に感じたわ」

ナディーちゃんはそう言うと、リーゼさんの手を借りて立ち上がろうとしたんだけど——急に膝から崩れ落ちた。

「ナディー様っ⁉」

「ナディー！」

「いったたた……ごめん、なんか急に足の力が抜けちゃって」

床に手を突きながら自分の脚を撫でるナディーちゃんに、リーゼさんとデレル君が心配そうな表情で見つめる。

「はぁ……お前、最近本当によく転んだりするよな。ほら、起こしてやるから俺の手に掴まれ」

「あ、ありがとう……って、あれ？」

差し伸べられたデレル君の手を掴もうとしたナディーちゃんは、上げた自分の手が震えているのに気付く。

「デレル……なんか、変なの。手の感覚が鈍いし、力が入りにくい」

「……なんだって⁉」

デレル君は「ちょっと手を見せてみろ！」とナディーちゃんの手を取ると、指先や手のひら、手首、腕の外側や内側、肘などを手で触れたり擦ったりする。

そしてその都度、触れられている感覚はあるかと確認を取る。

ナディーちゃんがデレル君の問いに答える毎に、デレル君の眉間に寄る皺が増えていく。

「……リーゼ、今すぐナディーを医者のところに連れて行くんだ」

「そんな、大袈裟だよ」

デレル君のいつにない厳しい口調と表情に、ナディーちゃんはそう言う。

だが、リーゼさんはそう言うナディーちゃんを抱え、一礼するとすぐにその場から移動してしまった。


「せっかくの楽しい夕食時に、慌ただしくしてしまい、すみません」

ナディーちゃんが運ばれた後、重苦しい雰囲気で一切口を開けなかった僕達に、デレル君が頭を下げる。

「いや、俺達は別に気にしてねーよ。なっ？　皆」

「あぁ」

「そうだな」

「デレル君……ナディーちゃんに何かあったの？」

気になって聞いてみたら、デレル君は難しい表情をしながらも話してくれた。

「あいつ――ナディーは、元々そそっかしい性格もあって、何もないところで転んだりするのはよくあることだったんだ。だから、あまり気にしてなかったんだけど……『手足の感覚がない』のと『力が入らない』、この二つの症状が気になって」

「なにか……悪い病気だったりするの？」

「うん。もし俺が思っている病気であれば、妖精族の――それも貴族の女性のみが罹《かか》る難病を患《わずら》っているかもしれない」

「そんな！」

「病名はなんだ？　もしかしたら、帝国の皇城に仕える医師なら治療方法を知っているかもしれない」

デレル君の話を聞いていたラグラーさんが、そう言って協力を申し出る。

しかし、デレル君は力なく首を横に振った。

「『人形病《にんぎょうびょう》』と言うんだけど、妖精族だけが罹る病気だから、人間の国では治療法を知っている者はいないんです」

デレル君の話によれば、『人形病』は潜伏期間が人によって様々で、一週間もしないうちに発症する場合もあるし、五年以上経ってからの時もあるんだって。

そして、発症すると病期の第一期――第一段階は、手足の感覚がなくなり、力が入らなくなる。

うん、今のナディーちゃんと同じ症状だね。

第二段階に移ると進行が一気に進み、二週間もしないうちに手足の皮膚や筋肉が陶器《とうき》のように硬《こう》直《ちょく》してしまう。

最後は全身が硬直し……意識はあるが、話すことも動くことも一切出来ない——まるで人形のようになってしまうのだ。

出来るだけ早い治療が望ましく、第二段階の状態になる前に治療をすればほぼ完治する。しかし、それ以上の時間が過ぎれば後遺症が残ってしまうんだとか。

そんな話をしていると、ナディーちゃんを送り届けていたリーゼさんが帰ってきた。

「リーゼ！　どうだった」

「……医師の診断によると、『人形病』とのことです」

「……くそっ」

「それと、先ほど旦那様から連絡が入り、療養中の奥様が……『人形病』と同じ症状が出て来ているとの報告がありました」

「なんだって!?」

リーゼさんの報告に呆然と立ちすくむデレル君。

「本当に治療法はないのか？」

腕を組んで話を聞いていたケルヴィンさんがそう問えば、デレル君は再び首を横に振る。

「分かりません……俺が生まれるよりもずっと昔には、治療薬があったみたいなんですけど」

「それならどうして作らないんだ？」

「治療薬――その魔法薬の調合方法が特殊過ぎて、どの国とも国交をしていない今の妖精国では、調合出来ないらしいんです」

今の妖精国は鎖国状態で、他の国との交流がほぼない。

魔法薬師協会の会長と副会長をしているデレル君とリーゼさん以外にも、人間の国に行く人はいるらしいんだけど、それだって滅多にいない。

さらに他国の人が妖精国に入国するのは、それよりも少なく、僕達で二百年振りとも言われた。

デレル君が生まれるよりずーっと前、それも、今妖精国にいる人達が生まれるよりもっと前には交流があったみたいなんだけど、その時には作れていた魔法薬も今では作れないものとなっていた。

「調合方法とかが記された文献はないのか？　それか、お前達の種族は長命だろ？　長老なら知ってるんじゃないか」

カオツさんの言葉に、デレル君は顎に手を当てて「長老……」と呟く。

「確かに、長老達なら何か知っているかもしれないですね」

「それなら、早く長老に会いに行かなきゃ！」

僕がそう言えば、デレル君が難しい顔をする。

どうしたんだろう？　と思っていると、デレル君は重々しく口を開いた。

妖精国内に数人いる『長老』は数千年も生きている方達で、時には女王と同等の発言力がある、凄い方達らしい。

権力には全くと言っていいほど興味を持たないが、気難しい人や変わり者が多く、素直に会ってくれるか分からないんだとか。

それに長老がいる場所は特殊で、移動系の魔法が一切使えないようにされているらしく、今から会いに行くにしても時間がかかり過ぎると言う。

「時間がないのに」

拳を握り締め、そう呟くデレル君。

なにか手伝えることがないかと考えた僕は、ふとハーネを見て、デレル君の力になることが出来ると確信する。

「デレル君、僕が君を連れて行ってあげる！」

「……え？」

「ハーネがいれば、空を飛んで一気にその場所に連れて行けるよ！」

「確かに、それなら会いに行けるかもしれない！」

暗く沈んでいたデレル君の瞳に光が戻る。

「ケント、もう夜も遅い時間だけど……俺を長老達のところまで連れて行ってくれるか？」

「もちろんだよ！」

「待て」

「はぁ……勝手に動くなよ」

僕とデレル君が、善は急げと走り出そうとしたら、ケルヴィンさんとカオツさんに頭を鷲掴《わしづか》みにされた。

ギリギリと締め付けられる頭が凄く痛い！

「おいこら、二人だけで盛り上がってんなよ？」

「お待ちくださいデレル様、ケント君。計画性のない行動は危険です」

そしてラグラーさんとリーゼさんに怒られた。

「準備もなにもしないで、手ぶらで出て行く馬鹿がどこにいるんだよ」

「そうですよ。それに、手土産もなにも持たずに長老達のところに出向いても、門前払いされて終了です」

二人にそう諭された僕達は、しゅんと項垂れる。

「まずデレル様、長老達が今どこにいるのか分かっているのですか？」

「ん？　『夢見蝶《ゆめみちょう》の湖《みずうみ》』にいるんだろう？」

「全っ然、違います。それは三十年ほど前の古い情報ですね。今は『ロッカーナ山』の頂上に滞在しておられます」

リーゼさんは溜息を吐きながら、長老達の最新情報を教えてくれた。

ポリポリと頭をかいたデレル君は、腕輪の中から地図を取り出すと床に置き、目的の場所を確認する。

「んんっ……地図を見ると、『ロッカーナ山』まではかなり距離があるな……リーゼ、ハーネに飛んでもらうにしても三時間以上はかかるか？」

「そうですね、ハーネさんがどれくらいの速度で飛べるかにもよりますが、それくらいの時間はかかるでしょうね」

一気に空を飛んでいくにしても、それほど今僕達がいる場所から目的地までは遠いらしい。

二人の会話を聞いた僕はハーネに確認してみる。

「ハーネ、少し長い時間飛んでもらうことになるけど……お願い出来る？」

《まっかせて！　ばひゅんってとぶから！》

ハーネからはそんな頼りになる言葉が返ってきた。僕とハーネを見ながら、ラグラーさんがリーゼさんに向き直る。

「リーゼさん、その長老達に持って行く手土産はなにがいいの？」

「そうですね。長老は長い年月を生きていらっしゃるので、この妖精国にはないものがいいですね。それと長老達のまとめ役の方が大の酒好きです」

リーゼさんはそう言うと、懐から手帳を取り出し、手を翳す。

紙に描かれていた魔法陣が光ったと思ったら、二本の瓶が出現した。

「これは妖精国でも滅多に手に入らない、二千年ものの上等な葡萄酒です。これを手土産に持って行ってください」

二千年ものの葡萄酒——ワインって、お値段がどれほどするのか……怖くて聞けない。

リーゼさんから葡萄酒が入った瓶を受け取ったデレル君が、それを腕輪の中に仕舞った。

自分の手土産をどうするか悩んだ僕は、リーゼさんに相談する。

「あの、実は妖精国から帰る前に、お世話になった皆さんに食べてもらおうと思って作っていたクッキー……焼き菓子があるんですが、時間がないのでそれをお土産として持って行ってもいいですか」

「ぜひ、その焼き菓子を長老にお渡しください」

そう言われたので、それを僕からの手土産に決める。

ただ、長老に会いに行くのにデレル君と僕以外で誰が一緒に付いていくのか、決められないでいた。

長老達はよそ者——妖精族以外の人間や獣人など、なぜか毛嫌いしているところがあるらしい。

そのため、ラグラーさんやケルヴィンさん、それにカオツさんの大人組が出向いたら絶対に出てこないだろうとリーゼさんが困ったように教えてくれた。

といっても、妖精族は子供には甘くなりやすい傾向があるので、デレル君の友人でもあり成人していない僕が行くのは大丈夫だろうとのことだった。

「リーゼさんが同行するのはだめですか？」

僕がそう聞くと、リーゼさんは首を横に振った。

「それは出来ません……今、当主夫妻が不在のこの屋敷を空けるわけにはいきませんから」

デレル君まで屋敷を空けるのに、代理者でもあるリーゼさんまでもが屋敷から離れるのは難しいということか。

それに今は僕達が屋敷に滞在しているから、客人を置いて出て行くことも出来ない。

「なぁ、その長老って人達のところに行くのはかなり危険なのか？」

何か気になったのか、カオツさんがそう尋ねた。

「そうですね……地上から向かうなら、野犬や猛獣、それに盗賊と出会う危険性がありますが、空を飛んでの移動ならそのような危険はないかと」

「ふ～ん。それじゃあ、こいつらだけで行ってもいいんじゃないか？」

リーゼさんの話を聞いていたカオツさんが、腕を組みながら僕とデレル君だけでの行動を勧めてくれた。

まぁ、冒険者としての実力もある程度付いてきたのと、戦闘力が高いハーネやライがいれば、大丈夫だろうと判断してくれたのかもしれない。

カオツさんだけじゃなく、ケルヴィンさんとラグラーさんも頷いてくれた。

「分かりました……それではケント君、デレル様をくれぐれもよろしくお願いいたします」

「はいっ、任せてください！」

胸に手を当て、頭を下げるリーゼさんに僕は力強く頷いたのだった。

いざ長老達のもとへ

屋敷の外に出てから、ハーネに体が成長する魔法薬を飲んでもらい、僕とデレル君は背中に乗る。

そして見送りに出てくれているリーゼさんやカオツさん達、それにこのお屋敷に勤めている大勢の人達に「それじゃあ、行ってきます！」と手を振り、上空へと飛んだ。

バサッと翼が動いたと思ったら、地面が一瞬にして遠くに見える。

後ろを振り向けば、屋敷があっという間に小さな点になっていた。

凄い速さで飛んでいるけど、ハーネが魔法を使ってくれているから風圧などなにも感じない。

「デレル君、こっちの方向で合ってる？」

「あぁ、大丈夫だ。このまま真っすぐ北に進み、小さな山を一つ越したら三つの連なった山脈が見える。そうしたら北東方向へ向かってくれ」

「分かった」

「そこからさらに進めば、どんな山々よりも標高の高い、海に囲まれた山が見える。そこがロッカーナ山だ」

空で移動する最中に、僕とデレル君は持って行く物の確認をすることにした。

外はもう夜なので暗く、星と月が僕達を照らしてくれているとはいえ、手元が見えにくい。

「あ、間違ってティッチを出しちゃった」

そこでデレル君は胸元から何かを出そうとして、間違って自分の使役獣――ハムスターに似た魔獣のティッチを取り出すと、そのままハーネの背中へと置く。

デレル君の服の中でずっと寝ていたらしいティッチは、小さな手でコシコシと目を擦っていたんだけど、自分がいる場所を察した瞬間、口から泡を吹いた。

うん、本当にビビりだよね……

アワアワと慌てながらデレル君の足から体によじ登り、胸元に引っ込んでしまった。

いつものことなのか、デレル君はティッチがいるであろう胸元をポンポンと軽く叩いてから、目的のものを今度こそ取り出す。

「……なに、それ？」

「これか？　『ピカキノコ』と言って、夜になるとこうやって光るんだ」

「へぇ～」

確かに、マイタケのようなキノコが光っていた。

この世界には面白いものが本当にいっぱいあるよね～。

それから、持って行く手土産の準備を始めた。

僕が持って来た焼き菓子は数種類あり、乾燥させた果物や、ナッツ類、紅茶の葉などを混ぜて焼いたものだ。

せっかくだから、全種類を小分けにして長老達に渡せばいいんじゃないかと思った。

『ショッピング』で小さな紙袋を購入し、その中に三つずつ全種類の焼き菓子を入れ、リボンで口を縛る。

大きくなったとはいえ、ハーネの胴体はそんなに太いわけじゃない。

なので、焼き菓子を落とさないように袋に入れる作業が、なかなか難しかった。

ちょっと時間がかかったけど、焼き菓子を全て紙袋に入れ終わり、紙袋を腕輪の中に仕舞った時にグラリと体が傾ぐ。

どうしたんだと顔を前に向けると、ハーネが方向転換したからだと気付いた。

下を見れば、さっきデレル君が話していた三つの山が連なる山脈が見えた。

屋敷を出てからそんなに時間が経ってないのに、もうこんな場所まで？

進むスピードが凄く速いことに驚いていると、デレル君も同じく驚いているようだった。

《はーね、ごしゅじんにいいところみせたくて、やるきにみちてる》

僕の頭の上に顎を乗せていたライが、どうしてこんなに早く移動出来ているのか説明してくれた。

「これなら、思ったよりも早く到着出来る！」

デレル君が嬉しそうにしていた。

「ハーネ、凄いじゃないか！　ありがとう」

僕が背中を撫でたら、ふふ～ん！　と鼻息を荒くしていた。

しかし、ハーネの移動スピードは『ロッカーナ山』の麓近くになってきた頃から、落ち始めていた。

そして……

《ん～……ん～……やっぱ、もうだめかもぉ！》

頭を振って、ハーネが急に下降を始めた。

デレル君が僕の腰に抱き付き、僕も振り落とされないように掴んでいた手綱を握り締める。

すぐに地面へと着陸したハーネは、着陸時に僕達に衝撃が来ないよう配慮してくれたみたいだけど……そこで力が尽きたかのように倒れ伏す。

「ハーネ、いったいどうしたんだ⁉」

背中から急いで降りて、ハーネに声をかけながらその体に手を当てようとしたら、僕の肩に乗って頭の上に顎を乗せていたライの体が、ズルリと傾く。

僕の肩から落ちそうになり、慌ててその小さな体を抱き留めれば——舌をだらんと垂らしながら気絶していた。

ハッとしてハーネにも目を向けたら、目を回したように意識を失っている。

「え、えぇっ、いったいなにが……」

急なことに驚いていると、デレル君がなにかに気付いたようにしゃがみ、地面に手を当てる。

「やっぱり……」

「デレル君？」

目を閉じていたデレル君が、立ち上がって僕を見る。

「ケント、ハーネとライは強力な『魔獣避け』にあたって、伸びているだけだ」

「……『魔獣避け』？」

あれ？　妖精国には魔獣が出てくるようなダンジョンがないから、魔獣を排除するようなものを設置しなくてもいいはずなのに……

「たぶん、使役獣とはいえ魔獣がここに向かってきているのに気付いた長老が、魔獣避けを張ったんだろ」

不思議に思っていると、デレル君が頭をかきながら言う。

具合を悪くしているなら魔法薬を飲ませて治してあげたいけど、『ロッカーナ山』全体に魔獣避けが常時展開されているなら、魔法薬を飲んでも意味がない。

しょうがないので、ハーネとライをアプリの中に入れることにした。

ちなみにレーヌとエクエスには屋敷にいてもらい、二人が持っている魔法薬の素材のお手入れをお願いしていた。

僕達が帰って来て、もしも魔法薬を調合する時に必要なら使えるよう、準備をしてもらっている。

「しかし、ハーネの飛行が使えないとなると……この山を登りきるのに、いったいどれくらいの時間がかかることやら」

デレル君が見上げるのと同時に、僕も顔を上げる。

そして、そびえ立つ山がめちゃくちゃ高いことを実感する。

普通、登山をするなら専用の靴や道具、防寒着などが必要だと思うんだけど、ハーネに乗って目的地まで行こうとしていた僕達はいたってノーマルな服装である。

「……時間がないのに！」

拳を握り締めて悔しそうに呟くデレル君を見ながら、どうすればいいのか考える。

空を飛んでいる時にデレル君からこの『ロッカーナ山』の標高はどのくらいあるのか聞いたんだけど、五千メートル以上あるらしい。

元の世界の富士山より高いし、地上から見上げると、雲に隠れて山頂が全く見えない。

そんな高い山をこんな夜に登ろうとしたら、魔法薬を使って体力強化をしても危険過ぎる。

空を飛べたら一番いいんだけど……と考えて、ハッと思いつく。

この困った状況を解決出来るアプリ——『魔獣合成』があるじゃないですか！

実際のところ、翼を背中に生やしたり、飛んだりするだけなら魔法薬でも出来る。

この国にも鳥のように空を自由に飛べたらいいなって思っている人間は多いみたいで、翼を生やす薬は存在するようなのだ。

だけど、それが普及しない理由として、翼を動かす感覚を掴むのが難しいのと、鳥のように体が軽くなるわけでもないことが挙げられる。

魔法薬を飲んだからと言ってすぐに翼を使いこなせるわけじゃないから、練習だって必要だ。

そうなると、価格が高い魔法薬を購入して空を飛んで移動するより、移動魔法を使う方が早い。

比較的手ごろな魔力回復の魔法薬を多めに飲めば何度も使用出来ることから、空を飛べるような魔法薬を使用する人は少ないのだ。

その点『魔獣合成』では、魔法薬での欠点が一切なく、翼を動かして飛ぶコツさえ掴めば、すぐに飛ぶことが出来る。

まぁ、恐ろしいほどの魔力消費量で燃費は悪いけどね。

僕は腕輪の中から、あらかじめハーネからもらっていた鱗を一枚取り出す。

と同時に、デレル君には『調合《コンパウンディング》』のことは伝えていないので、ただの水が入った魔法薬の瓶を持ち、一気に飲み干した。

そして鱗を背中にくっ付け、「『合成《シンセティック》』！」と唱えると、ハーネと同じ形の白い大きな翼が、バサリッと音を立て僕の背に現れた。

「ケ、ケント……おまっ、それ……」

目を見開いて、呆然と僕の背中に生えた翼を凝視するデレル君。

「えへへ、カッコいいでしょ？　魔獣の翼を生やせる魔法薬なんだ～」

僕が編み出した独自の魔法薬です、と心苦しいがそう説明するしかなかった。

魔法薬は魔獣の体の一部を素材として使っているけど、人間の体などに魔獣の要素——魔獣の翼が生えたり、牙が生えたりなどしないものとして知られている。

そんな常識を覆し、魔獣の翼を生えさせる魔法薬を僕が作り出したと言ったものだから、デレル君は一瞬今の状況も忘れて、僕の背中の翼を間近で見たり触ったりと興味深げに確認していた。

「ケント、この魔法薬を俺も使ってみたい！」

目をキラキラさせてそう言うデレル君。

絶対そう言うと思った、と心の中で思いながら、僕は首を横に振った。

「ごめん、実はこの魔法薬、偶然の産物で出来たような物なんだよね。素材が余ってるのを使って適当に調合していた時、偶然ハーネの鱗が入ったみたいで……それで奇跡的に出来上がった魔法薬で、今使ったのが最後の一本だったんだ。同じものをもう一度作ってみようと思っても、作れなかったよ」

そう言ったら凄く残念がられた。

「そ、それよりもさ、早く長老さん達のいる山頂に行った方がいいんじゃないかな～？」

これ以上この話をしていたら墓穴を掘るような気がするのと、空中に浮かぶ画面に表示されている魔力量のメーターがガンガン減っているので僕はそう促す。

魔力回復の魔法薬は腕輪に入っているストックからオートチャージになっているから、まだまだ余裕ではあるけどね。

「それもそうだな！　それじゃあケント、頼む！」

「うん！」

僕が差し出した左手を、両手でがっちりと掴んだデレル君に、「行くよ！」と言ってから翼を動かす。

まだハーネのようには上手く飛べないけど、ちょっとよろけながらもグングン地上から離れていく。

ちなみに、デレル君は僕と一緒に飛ぶ前に体が軽くなる魔法薬を飲んでくれていたので、まるでぬいぐるみと手を握っているような感じだ。

地上から離れて五分もすると、山の中腹ほどまで上昇出来たんだけど、気圧が低くなってきているのか凄く寒い。

寒さで翼の動きが悪くなってきた。

ぶえっくしょいっ！　とデレル君も寒さで豪快なくしゃみをしていたんだけど、鼻を啜ったデレル君が、すぐに魔法で僕達の周りに保護膜を張ってくれて寒さを凌《しの》ぐことが出来た。

翼の動きも元に戻り、これで頂上まで速度を落とさずにいける！

そして――

真っ白な雲の中を突き抜ければ、満天の星空が僕達を出迎えてくれた。

綺麗な星空にデレル君と一緒に一瞬見とれていたんだけど、山の頂上付近に視線を向ければ、そこに小さな光が灯っているのに気付く。

「ケント、あれ……」

「うん、行ってみよう」

デレル君の手を握り直し、山の中で唯一光がある場所を目指して翼を動かす。

光に近付けば、そこに一軒の小さな山小屋みたいな建物があるのが見えてきた。

そんな建物の扉の前には一人の老人が立っていて、僕達を見上げていた。

どこから見ていたのかは分からないけど、僕達が来ることが分かっていたみたいだ。

「これはこれは……こんな辺鄙《へんぴ》な地に君達のような若者が訪ねて来るなんて珍しいですね」

老人がいる近くにゆっくりと着地をし、ハーネの翼を消すと同時に、ご老人が口を開いた。

ニコニコ顔のご老人を前にして、デレル君が胸に手を当てながら頭を下げて挨拶をしたので、僕も慌てながら頭を下げる。

「ふふ、君達がここに来た理由はなにか知らないが——ここにいては冷える。中にお入り」

ご老人に建物の中に招かれた僕達は、お互いの顔を見てから「失礼します」と言いながら中に入って行ったのだった。

僕達が足を踏み入れた建物の中は、魔法がかけられているのか、外から見た建物の大きさよりもかなり広い。

山小屋のような、木造の小さな平屋といった外観だったのに、中に入ってからしばらく歩いている気がする。

緊張しながらご老人の後を歩いていたんだけど、急にご老人が立ち止まった。

不思議に思いながら僕達もご老人に倣《なら》って立ち止まっていると――僕達が立っている足元が光り出す。

まばゆい光が徐々に収まり、ゆっくりと閉じていた目を開けると、そこは今までいた所とは全く別の場所にいた。

まるで会議室のような雰囲気の部屋だ。

僕達の目の前には大きな円卓があり、そこに六人のご老人が座りながら僕達を見詰めている。

案内してくれた人を合わせて全部で七人か。そういえば、出発する前にリーゼさんが教えてくれたっけ。

彼らは妖精族の中でも長く生きる長老で、各自が魔法や剣術、体術、話術、学術、薬学、魔法薬学などといった分野で秀でた存在なんだとか。

それ以外にもいろいろな知識を有し、この国の女王にも助言出来る凄い人達なのだ。

ただ、長くいるからこそ我が強い部分もあり、『変人』とか『頑固ジジィ』とか密やかに囁かれているらしい。

でも他の妖精族の人達と違い、全員長いフード付きのローブを着ているから、『賢者』のように見える。

「ふむ……この地に人間が足を踏み入れるとは珍しい」

「百年振りかぁ？」

「ばっか！　二百年ぶりじゃよ。もう耄碌《もうろく》しおったか」

「なんじゃとぉ!?」

「あ……腰がギクッてなった」

「おい、お前ら！　ここに何しに来たんだっ！」

「はぁ……わしゃ、自室に戻って作り終わっておらん薬の調合をしたいわい」

一人が口を開いた瞬間、一気に騒がしくなった。

しかも各自が話したいことを喋っているので、なにを言っているのか聞き取りにくい。

口を開く前まで、まるでこれから重要な会議が開かれる会議室のような重苦しい雰囲気だったのに……今では老人が騒がしくしているだけに見える。

僕とデレル君は話を切り出すタイミングが見つけられずに呆然としていたんだけど、ハタと、最初にお土産を渡した方がいいと言われていたのを思い出した。

「あの、夜分遅くに突然訪ねて来てしまい、申し訳ございません。それで……この焼き菓子は僕が作りました。皆さんのお口に合うかは分かりませんが、よろしければ食べてください」

「私からは、こちらの葡萄酒を……二千年ものです」

デレル君の一人称が、長老達の前だからか『俺』から『私』になっていた。

チラッとデレル君を見たら、いつもよりは緊張をしているようだったけど、自然な感じで話している。

僕達からのお土産を受け取ったご老人達は、魔法で自分の前にグラスを出すと、そこに葡萄酒を注ぐ。

まずは葡萄酒を飲んで喉を潤《うるお》わせてから、紙袋から焼き菓子を取り出して齧《かじ》りつく。

今まで騒がしかったご老人達が急に静かになり、僕とデレル君がどうしたのかと心配になっていると、突然目を見開き「美味い！」と叫ぶ。

「ほぅ～……こんな美味い菓子を食ったのは、初めてじゃわい」

「あぁ、こんなに長く生きてて初めてじゃな」

「ワシ、これを食べ続けたら、あと千年は長生き出来そうだ」

などなど、長老達は口々に言って、葡萄酒を飲みながら焼き菓子をモリモリ食べていた。

お、これは好印象な感じじゃないですか？

僕とデレル君はこっそり笑い合う。

このままの流れで、『人形病』を治療する魔法薬のことを聞こうとデレル君が口を開こうとしたら、それよりも早く一人のご老人が僕に話しかけてきた。

「人間の少年……これは君が作ったのかい？」

「え？　あ、あぁ、はい。そうです、僕が作りました」

この屋敷の中に案内をしてくれた、柔和《にゅうわ》な雰囲気のご老人は、僕が頷くと続けて聞いてくる。

「こんな美味しいものを作れるなんて……料理人なのかい？」

「いえ、僕は魔法薬師の資格を持った冒険者です」

「ほぅ！　その年で魔法薬師であり冒険者とは……そのエメラルドを見るに、デレ坊に認められた素晴らしい魔法薬師でもあるということですね」

褒められて照れていると、違うご老人から別の質問を投げかけられる。

「人間の少年！　お主、冒険者ということはどこかのパーティに入っているのか？」

「はい、暁ってパーティに入っています！」

「ほぅほぅ、良い名だな。お主のような人間が所属するパーティだから、規模も大きいんじゃろ？」

「いえ、僕を入れて七人です。リーダーはエルフ族の女性で、フェリスっていう――」

そこまで言った瞬間、場の空気がガラッと変わった。

あ、褒められたことに油断して、ついフェリスさんの名前を出してしまった……これはまずいかも。

そして、今まであまり喋らず、俯き加減で葡萄酒《ぶどうしゅ》をチビチビ飲んでいたご老人がガタンッと音を立てて立ち上がった。

「フェリス……エルフ族のフェリスだって!?」

その人はフェリスさんの名を口にした後、僕をギロリと睨む。

突然憎しみの込められた眼で見られ、僕はたじろいだ。

「胸糞悪いっ！　わしゃ部屋に戻る‼」

怒った老人は後ろを振り向くと、その姿が徐々に霞むようにして消えてしまった。

僕……なにか気に障るようなことをしちゃったかな？

呆然とその場に立っていると、最初に出会ったご老人が声をかけてくれた。

「すまないね……彼は、ちょっとフェリス殿とはいろいろあって……彼女のことを毛嫌いしているんだ」

「そ、そうなんですね」

その言葉に、妖精国に来る前にフェリスさんが言っていたことを思い出す。

『ごめんねぇ～。私の場合は、妖精族の国に出入り禁止になってて……』

いや、ホントになにをやらかしたんですか、フェリスさん！

「うちのリーダーがすみません」

ズキズキ痛む頭を押さえながら、僕が代わりに謝ると、老人が首を横に振った。

「君が謝る必要のないことだよ」

僕の隣で立っていたデレル君も今のやり取りを聞いて驚いている。

「あいつ、いつの間にか出禁になっていたと思ったら長老関係だったのか……」

デレル君も出禁になった細かい原因までは知らなかったらしい。

「それで？　おぬし達のような幼子が、この場に苦労しながらも来た理由はなんぞ？」

細い体のご老人が、僕達に目を向けて聞いてきた。

その質問に対して、デレル君は長老に会いに来た理由を語った。

妖精国内でまた不治の病である『人形病』が流行り出していること。その治療薬に使われる素材や調合方法が分からず、多くの知識を有している長老達の力を借りたく、訪ねてきたこと。

しかし、そう言った瞬間、皆さんの顔色が悪くなる。

「実は……」

どうしたのかと思っていたら、最初に出会ったご老人が咳ばらいをしてから、話し始めた。

「今この場にいる儂達も、『人形病』の治療薬に関しては全く分からないんじゃ。唯一治療薬について知っていそうなのは、オレフェカじゃろうが、あの怒りようだしな……」

「え……今まさに、激怒して出て行った方が頼みの綱なんですか？」

顔を引きつらせてそう聞けば、皆がウンウンと頷く。

これは終わったかもしれない……

内心ガックリしていると、デレル君が長老達に尋ねる。

「オレフェカ様はどこにいらっしゃるのですか!?　私が直接伺い、話してみます！」

だが、長老の皆さんは力なく首を横に振った。

「すまんな、デレ坊。あやつの部屋はちぃ～と特殊な場所にあって、ワシらでも辿り着くことが出来なんだ」

「そんな……」

「まぁ、そんなガッカリせんでも、二、三日すれば部屋から出てくるじゃろ」

なるべく早く魔法薬のことを聞きたいが、ここで騒いでも、オレフェカさんが出てくることはない。

他の長老達でさえ彼の部屋に行けないのなら、オレフェカさんが部屋から出てくるのを待つしかない。

今日はこの屋敷に泊まればいいと皆さんが言ってくれたので、お言葉に甘えることにした。

僕とデレル君は別々の部屋を貸してもらい、デレル君とは「また明日」と言って別れる。

ビジネスホテルの一人用と同じくらいの広さの部屋で、中に入った僕はベッドに向かってダイブした。

しばらくジッとしていたんだけど、ゴロゴロと左右に揺れる。

うわぁ～ん！　本当にフェリスさんはオレフェカさんになにをしたんだよ～。

うちのリーダー、たまにビックリするようなトンデモナイことをしてくれちゃうから、怖いんだよね。

ふぅと息を吐き出し、起き上がる。

タブレットを開いて、いつもの癖でハーネとライを外に出してあげようと思って、手を止める。

この地は『魔獣避け』が常時展開されているから、ハーネとライを外に出しても具合が悪くなるだけだ。

『使役獣』のアプリを閉じると、窓の外に誰かがいるのが見えた。

立ち上がって窓の近くに寄れば――

デレル君がベランダで両膝を床につけ、手を握り締めて祈っていた。

口が動いているから、なにかを呟いているんだろうけど、ここからは聞こえない。

でも、なにを祈っているのかは分かる。

僕達がなにも出来ていない今も、時間は刻一刻と過ぎている。

本当に、オレフェカさんが部屋から出てくるまで待つしかないのだろうか……

僕は窓から離れると、タブレットをもう一度開いて『危険察知注意報』をタップした。

これは魔獣や危険なものが近くにいないか知ることが出来るけど、表示を変えて仲間や仲間以外の人がどこにいるのか表示出来るようにすることが可能だ。

アプリを起動して『魔獣』から『人』に表示を変えると、画面が切り替わる。

僕の近くにある『○』がデレル君で、それ以外が長老達だ。

先ほどの円卓がある場所でお酒でも飲んで語り合っているのか、ほとんどの人がそこに固まっていた。

それ以外の――ぽつんと離れた場所にある『○』がオレフェカさんなんだろう。

さすがに、長老達が住まう建物内を堂々と闊歩《かっぽ》することは憚《はばか》られるので、ここは新アプリの『影渡り』を使おう。

空中に浮かぶ『危険察知注意報』の画面をそのままにしながら、部屋の中で『影渡り』を起動させる。

そのまま部屋の壁に出来た影の中に音もなく入り、周囲を確認する。

廊下は常に光が灯っているので、どこにでも影があり、影から一歩も出ることなく移動することが出来た。

『危険察知注意報』の画面には、建物内部の詳細な位置まで表示されている。

オレフェカさんはどうやら地下にいるらしく、僕達が案内された部屋がある階からどんどん下がっていく。

足音で僕のことがバレてオレフェカさんが逃げちゃったら困るので、そのまま影の中を移動する。

回復の魔法薬のオートチャージのおかげで魔力が尽きる心配はないけど、影の中を潜るのは地上と感覚が違うからけっこう疲れるな。

「……ここだな」

目的の相手がいる場所まで着いたので、『危険察知注意報』を消し、影の中からも出た。

さすがにオレフェカさんの部屋の中に直接影から出ていくのは失礼なので、扉の前に立ち、ノックをした。

オレフェカさんとの交渉

「……あれ？」

返事がない。

むぅ、アプリではちゃんとこの部屋にいると表示されていたから……これは、居留守ですかね。

「すみません！」

そう声を張り上げながら、もう一度――今度はもっと力強く扉を叩く。

すると、キィッと音を立てて扉がゆっくりと内側に動いた。

どうやらちゃんと扉を閉めていなかったようだ。

普段からオレフェカさん以外の人がここを訪れることがないからなのか、防犯意識が薄いのかもしれない。

「すみませ～ん。オレフェカさん、いらっしゃいますか？」

薄暗い室内を覗き込みながら、ちょっと小声になりながら声をかければ、部屋の奥――ベッドの上がもぞもぞと動く。

どうやらふて寝をしているらしい。

許可もないのに人の部屋に勝手に入れないので、僕は扉のところからオレフェカさんに聞こえるように、声を張り上げた。

「あの、オレフェカさん！　オレフェカさんにとある魔法薬の調合方法を教えていただきたくて、僕とデレル君はここに来たんです！」

『魔法薬』という言葉に一瞬オレフェカさんが反応し、ピクリと動いた。

のそりと毛布から顔だけ出したオレフェカさんは、なにかブツブツと呟いていたんだけど、小声なのと僕との距離が離れすぎていたせいでよく聞こえなかった。

どう反応していいのか困っていると、そんな僕にイラついたのか、オレフェカさんはガバリと起き上がって、こう叫んだ。

「あの悪魔みたいなエルフ族の女！　あやつ……フェリスは、ワシが大事に大事～に飲んでいた五千年ものの葡萄酒を、一晩で三本も飲み干しおったのじゃっ!!　ワシャ絶対に許さん」

鼻息を荒くして怒るオレフェカさんを見て、クラリと眩暈が起きそうになる。

フェリスさん……妖精国出禁の理由は、そんなことだったんですね。

「なにやってるんですか……フェリスさん」

額に手を当てて項垂《うなだ》れるも、気を取り直して、オレフェカさんに話しかける。

「その、うちのリーダーが大変ご迷惑をおかけしました！　それで……その、オレフェカさんが大事にしていたお酒には到底及ばないんですが……」

僕はそう言いながら、タブレットを取り出し『ショッピング』を開く。

実は少し前に『ショッピング』のレベルを5まで上げていたんだよね。

高い魔法薬の素材が急に必要になった時、素材屋に行く時間もなかったので、『ショッピング』だけそのレベルまで上げたのだ。

かな～り高額だったけど、その分『ショッピング』で購入出来る商品が一気に三百万レン以上になった。

その力を使って、オレフェカさんに今から僕がお詫びのプレゼントをいくつかしようと思ったのだ。

まず一つ目は、日本のウイスキーだ！

しかもただのウイスキーじゃない。

五十年以上という長い年月が経過したモルト原酒を使用したウイスキーで、販売価格はなんと百万円以上。

オークションに出したら数千万の価値が付いた、凄いウイスキーだ。

そしてもう一つは、平均価格が約二百二十万円というワインである。

フランスで最高級のワインを生み出すと言われている地域で作られ、年間わずか五～六千本しか生産されていない稀少性とその高い質で、ワインの帝王と呼ばれているものだ。

二本とも、今の『ショッピング』で購入出来る、一番高いお酒である。

僕はその二本を両手に持った。

オレフェカさんには本の中から瓶を取り出したように見えていたのだろう、それを胡散臭《うさんくさ》そうな目で見ている。

ラベルを剥がしてから、手に持っているウイスキーとワインの瓶をオレフェカさんに見えるように持ち上げる。

「あの、お部屋に入っていいですか？」

オレフェカさんは凄く悩んでいたようであるが、モソモソと毛布の中から出てくると、部屋の中央に置かれている丸テーブルの方へ歩いて行き、そのまま椅子にドカリと座った。

「……座れ」

オレフェカさんの向かい側にある椅子に座るよう、クイッと顎で示された。

「あ、ありがとうございます」

ペコペコ頭を下げながら入室し、オレフェカさんの前に「失礼しま〜す」と座る。

「あの、これは他で全く流通していないお酒でして――」

「御託《ごたく》はいい。早く飲ませろい」

「あ、はい」

腕輪の中からグラスを取り出し、先ほどお酒を購入した時に一緒に買ったアイスボールをグラスの中に入れ、ウイスキーを注ぐ。

マドラーでクルクルかき混ぜてから、「どうぞ」と渡す。

グラスを手にしたオレフェカさんは、まず先にお酒の匂いを嗅いでからウイスキーを一口含む。

「……ほぅ。これは、なかなか」

口に合ったのか、コクリコクリと飲み進め、あっという間にグラスは空になった。

ロックで飲むには度数が強いけど、オレフェカさんの表情は全く変化がなかった。お酒に強いんだな。

「あの、これはそのまま飲むのも美味しいんですが、水割りもお勧めです」

グラスに新しい氷を足して、ウイスキーとこちらの世界のお水を加え、軽く混ぜてから渡す。

「ふむ。これもなかなか上手い。今まで飲んできた酒とは一味も二味も違う。素晴らしい酒だ」

今まで眉間に皺が寄っていたオレフェカさんが、少しだけ微笑んだ。

ウイスキーのお次はワイン！

オレフェカさんは葡萄酒が好きと言っていたから、地球のワインも気に入ってくれるといいんだけど……

そんなことを思いながら、腕輪の中から新しいグラスを取り出し、ワインを注ぐ。

「……これは……いや、うぅむ」

グラスを回しワインを空気に触れさせてから、グラスに鼻を近付けて香りを嗅《か》ぐと、ウイスキーの時より表情が硬い。

なにか気になることでもあるのかとドキドキしながら見守っていると、すぐにワインを口に含む。

すると、「んなっ⁉」と目を見開きながら、グラスの中身を凝視する。

急に驚いたような声を出すもんだから、「え、どうしました⁉」と慌てて立ち上がって声をかけた。

「おい、人間の坊主！　えーと……」

「あ、ケントです」

「そうそう、ケント！　おぬし、これをどこで手に入れた⁉」

「え？　えぇっと、これは僕の故郷でだけ作られているものですが……？」

「なんとっ！」

呆然とするオレフェカさん。

いったいどうしたのかと聞けば、どうやら僕が用意したワインが、フェリスさんに飲み干されたお酒と同じ匂いと味がするらしい。

五千年ものの葡萄酒はもうこの世に十本しか残っておらず、しかも一本で何百億レンっていう値段が付けられていて、もう手に入れることが出来ないのだと絶望していたんだって。

せっかくなので他の飲み方も試してもらおうと、僕がサングリア——フルーツをたっぷり入れたカクテルを教えると、オレフェカさんはノリノリで聞いてきた。

「そりゃあいったい、どんなものじゃ？」

ご老人を立たせているのは心苦しいので椅子に座っていてもらい、テーブルの上に腕輪から新しくグラスを出す。そして地球のイチゴとブルーベリー、オレンジに似たこちらの世界のフルーツ、それにシナモンに砂糖を取り出して置く。

準備が整ったら、カットしたフルーツとシナモン、砂糖をグラスに入れて、ワインを注ぐ。

次に小さく砕いた氷を入れて、よく混ぜ合わせて——完成である。

このサングリアだと、地球のものとオレフェカさんに馴染み深いこちらのものの両方を使っているので、ワインだけで飲むより断然美味しくなるはず。

案の定、サングリアを飲んだオレフェカさんは目を丸くして、自分が飲んだものを見ていた。

「なんということじゃ……この世にこんな飲み物があろうとは」

背中を椅子の背にくっ付けるようにして腰かけるオレフェカさんは、そう呟きながらサングリアをチビチビと飲み続けていた。

飲みながら自分の顔を触り、首を傾げている。

「ん？　乾燥していた肌がツルツルしてるような……」

そんなオレフェカさんに僕は声をかけた。

「なんじゃ？」

「この葡萄酒はちょっと特殊で、単品で飲む時は匂いと味わいを楽しめて、果物やなにかと混ぜて飲めば、いろんな効果が付与される――そんな葡萄酒なんです」

「なんと、そんな葡萄酒が存在するとは……いや……じゃが確かに、ワシの肌が滑らかな手触りになっておる」

信じられないが、自分の体に起こった出来事で僕が言っていることは嘘ではないようだと、思ってくれたようだ。

「ただ残念なことに、このお酒――あ、最初に飲んだお酒もですが、造れる人がもういないんです」

「なんじゃとぉ⁉」

「なので、僕の手元に残っているもの以外、この世にもう存在しません」

嘘は言っていないよ。

ただ、こんな高額なウイスキーやワインがもう手に入れられないだけで、お手頃価格なものは普通に買えるけどね。

まぁ、そこは言わなくても良いでしょ。

「まず、最初に飲んだお酒は『ウイスキー』って言うんですが、香りもいいですし、病気の予防にもなるお酒なんです」

オレフェカさんはうんうんと頷く。

「あと果物を入れた葡萄酒ですが、これには美肌効果があります」

「ほぅ、やはりワシが気付いたことは間違いじゃなかったようじゃな。だが、こんな飲むだけでなんらかの効果を付与出来るものなんぞ、長生きをしているワシでも見たことも聞いたこともないな……」

手の甲を擦りながら肌触りを確認していたオレフェカさんは、不思議そうな表情でテーブルの上に置かれているお酒の瓶を眺めていた。

「さすがにオレフェカさんですね」

僕は比較的明るい声でそう言うと、ペラペラと話し出した。

このお酒を製造したのは『特殊体質』の持ち主だったから、なんらかの効果を付与出来るお酒が造れた。

でも造れる人がいなくなってしまったので、僕の手元に残っている数本のお酒しかない。

しかも僕が今出したものと、残りのお酒はかなりの年代ものでもあるので、市場に出ればどれほどの値段になるのか分からないと伝えた。

地球のお酒なんだから、僕が市場に出さない限りこれは絶対にこの世に存在しない――幻《まぼろし》のお酒、と言える。

五千年ものの葡萄酒と同じくらい価値のあるお酒、と言っていいのかは分からないけど、それと同レベルと思ってもいいんじゃないかと僕は考える。

「しかし、こんな素晴らしい酒を、どうしておぬしが持っとるんじゃ？」

「あ、それはですね……亡くなった僕の祖父が造ったんです」

「なんと！　そうだったのか」

「はい。祖父が特殊体質の持ち主だったので、僕もその体質をちょっとだけ受け継いでいて――魔獣のお肉を使って美味しい料理を作れたり、食べ物にちょっとした効果を付与したりすることが出来るんです」

架空《かくう》の祖父を作り、それとなく本当のことも混ぜて伝える。

僕の話を信じたオレフェカさんは、「そうだったのか……」としんみりとしながらお酒を飲んでいた。

本当にお酒が好きなんですね……

オレフェカさんが纏う空気が柔らかくなったのを肌で感じた僕は、これならいけると思い、口を開く。

「オレフェカさん」

「なんじゃ～？」

「僕が持っている、この二つのお酒を全てオレフェカさんにお譲りします。なので、『人形病』を治療出来る魔法薬の素材や、調合方法を知っていたら教えていただけないでしょうか」

両膝に手を当て、頭を深く下げる。

「…………」

「僕の友人でもあるデレル君のお母さんや、従妹のナディーちゃんがその病気に罹ってしまいました。助けて……あげたいんです」

「ふむ、『人形病』か」

オレフェカさんは持っていたグラスをテーブルの上に置くと立ち上がり、部屋の奥に乱雑に積まれている本の中から、何冊か手に取り中を調べる。

「おぉ、あったわい」

そう言って、目的の本を探し当てて戻ってきた。

椅子に座り直したオレフェカさんは、本に挟まれている大量の付箋の中からオレンジ色の付箋があるページを開き、魔法で取り出した眼鏡をかけて、本に視線を落とす。

しばらく何も喋らずに調べていたオレフェカさんであるが、見終わったのか眼鏡を外して本を閉じた。

「……あの」

「まぁ、なんだ……『人形病』を治す魔法薬の調合方法は、書かれてはいた」

「本当ですか!? なら――」

オレフェカさんの言葉を聞いて僕が喜ぶと、手を上げて「話を最後まで聞くのじゃ」と窘《たしな》められる。

「調合は出来る。じゃが、魔法薬を作るのに必要な材料となる植物が、我が妖精国には生えておらず、人間の国でも手に入れることが出来ないのじゃ」

「え……魔法薬師協会にもないんですか？」

「あるかもしれんが、ごく少量じゃろうて。その材料は『人形病』にしか使われんし、一般人からしたらただの雑草のようなもんじゃし。あと、それが生えている場所も限定的で、魔族が住む大陸にしかないから、流通はほとんどないのぅ」

オレフェカさんは顎髭《あごひげ》を撫でながら、溜息を吐く。

「それに、一人の魔法薬を調合するのに必要なその植物の量が、他の魔法薬よりも三倍多く必要なんじゃ」

「三倍……」

「材料がすぐには手に入り難いのに、絶対的に数が足りん。それが、まず第一に調合が困難な理由じゃ」

次にオレフェカさんは指を二本立て、『調合が困難な理由その二』の説明を始める。

「この魔法薬の調合方法はかなり特殊でな……二人の妖精族と一人の魔族が必要なんじゃ」

「魔族が？」

「あぁ、それもただの魔族じゃだめじゃ。魔力の扱いが巧みな者じゃなければならん」

「魔族で……魔力の扱いが巧みな人……」

僕の頭の中で、一人の人物が思い浮かぶ。

以前グレイシスさんが魔族としての姿を隠すのに限界が訪れ、魔力の暴走を起こした時……カオツさんが暴走を上手く抑え、グレイシスさんの魔力の流れを正常に流れるように導いていた。

あの人なら困難な理由の二つ目は解消出来そうだ。

問題なのは、手に入りにくいと言っていた素材の方かな。

「……あの、ちなみに、手に入り難いと言われていた材料の名称は、なんて言うんですか？」

普通に手に入れることが出来ないなら、『ショッピング』で購入しちゃえばいい。

入手困難な材料だって言うから、あまり高くないといいけど。

そんなことを思っていると、一拍置いてから言った。

「ん?あぁ、それは『ギョジャジャ』じゃな」

オレフェカさんは言いながら、ギョジャジャがどんなものなのかといった説明をしてくれるんだけど、僕の頭の中ではクエスチョンマークが飛んでいた。

え……ギョジャジャ？　ギョジャジャって、あのギョジャジャ？

オレフェカさんがまだ説明をしてくれていたんだけど、その間に腕輪の中からギョジャジャを一つ取り出した。

「もしかして、これですか？」

そう見せたら、オレフェカさんは目を見開いて驚いた。

「こ、こ、これは本物のギョジャジャじゃ！　ケント、おぬしこれをどこで手に入れたのじゃ!?」

「あの、知り合いに魔族の方がいまして……その方につい最近、魔族の国に連れて行ってもらったんです。そこで大量に手に入れたんですよ」

大きな袋に入った大量のギョジャジャを見せたら、開いた口が塞がらないといった感じで驚愕された。

「それとオレフェカさん」

「なんじゃ、まだなにかあるんか⁉」

「えっと、もう一つの魔力の扱いが巧みな魔族の人ですけど……今、この妖精国にいます」

「んなぁに〜⁉」

ほぼ鎖国状態な妖精国に、なんで魔族がいるんだと頭を抱えるオレフェカさん。

そんなオレフェカさんに苦笑する。

でも、これで調合出来ない理由が二つとも解決された。

最後の仕上げだと、僕は『ショッピング』で先ほど購入したウイスキーとワインを各三本ずつ買い、ラベルを剥がしてからテーブルの上に並べた。

先ほど購入したのも入れたら、合計金額は一千万を軽く超える。

「オレフェカさん、これは先ほど口を開けた瓶を入れても、世界で四本しかないウイスキーと葡萄酒です。それも、なにかを加えて飲めば付与効果もある、特殊な」

「……う、うむ」

「『人形病』を治す魔法薬を作るのを手伝っていただけたら、先ほどの一本と言わず、これを全てお譲りいたします」

「なんじゃと⁉　そ、それは本当か？」

まるで正気か？　と言われているような気がしたけど、僕は「はい」と笑顔で答える。

「手伝って……いただけますよね？」

オレフェカさんは、少し悩む素振《そぶ》りを見せたもののコクリと頷いた。

秘薬を作ろう！

それからオレフェカさんの魔法で、デレル君の部屋の前まで魔法で一瞬で移動する。

部屋で休んでいたデレル君に今までのことをかいつまんで説明したら、泣き笑いのような表情で抱き着かれた。

「ケント、お前は本当に最高の友人だ！」

その言葉は嬉しかったけど、病気の進行は待ってくれない。

急いでデレル君の屋敷に戻ろうということになった。

「おやおや、なにか騒がしいと思えば……オレフェカ、なにをしているんだ？　てっきり部屋に籠って不貞腐れていると思っておったが」

廊下で話していたら、僕達の元へ一人の老人――ここで最初に出会った人が近付いてきて、オレフェカさんを見て笑う。

「煩いわいっ！　ワシはこれから、この坊主どもと一緒に少し出掛けてくる。ここを頼んだぞ」

「……ふむ、なにやら急いでいるようですね。理由は帰ってきてから聞くとしましょうか」

柔和な笑顔が印象的なご老人が手を振るのと同時に、僕達の足元に魔法陣が展開する。

「それでは皆さん、お元気で」

僕とデレル君がなにか言うよりも早く、転移魔法陣が発動し――気付けばデレル君の屋敷の庭へと戻ってきていた。

「デレル様っ!?　それに、貴方様はっ！」

転移魔法が発動したことに気付いたリーゼさんが、屋敷の中からいち早く迎えに来てくれた。

そして、本来ならいるはずのない老人――長老のオレフェカさんを見て驚く。

「リーゼ！　詳しい説明は後だ。それよりも魔法薬の調合方法が分かったから、『調合室』を使う準備をしていてくれ」

「か、かしこまりました！」

デレル君がリーゼさんに歩きながら指示を出す。

僕もタブレットを開き、『使役獣』をタップしてハーネとライを出した。

《うぉー、まだめがまわるぅ～》
《きもちわるいっ》
うえっぷ、とまだ魔獣避けの影響で車酔いのような状態になっているハーネとライに、状態異常を治す魔法薬を与えた。
《《ふっかぁーつ！》》
そう叫んで元気になるハーネとライ。
「ハーネ、ライ。今からカオツさんを探し出して、僕達がいる場所に連れてきてくれる？」
《りょーかい！》
《はぁ～い！》
二人は仲良く駆けっこをするように、屋敷の中へと走って行った。
調合室に向かうデレル君を先頭に、僕とオレフェカさんが後を追って屋敷の中を歩く。
先に調合室に来ていたリーゼさんによって、天井の照明がつけられていて、調合に必要となりそうな道具が机の上にズラリと並べられていた。
「デレル様、足りないものがございましたら、すぐにお持ちいたします」
「あぁ、ご苦労」
デレル君は深呼吸をしてから息を吐き出すと、オレフェカさんを見上げた。
「オレフェカ様、これから私達はなにをすればいいのでしょうか」

「うむ、そうじゃな。まずはギョジャジャの不必要な皮を剥がす。それからゴミが付着しているかもしれんから、汚れを取る」

さすがに全てのギョジャジャの皮取りを手作業でやるには、時間がかかり過ぎる。

それはデレル君が魔法で一瞬で終わらせていた。もちろん綺麗にするのも。

「そうしたら、ギョジャジャを乾燥させて細かい粉状にする」

「……凄い手間がかかるんですね」

「そうじゃな。普通の魔法薬だと材料をそのまま魔力で練って調合してしまえばいいんじゃが、これはそれが出来ん」

全てのギョジャジャを乾燥させて粉状にするのは、デレル君とリーゼさんが二手に分かれてやっていた。

魔法薬師協会の会長様と副会長様である二人にかかれば、乾燥させて粉状にする作業なんて、お茶の子さいさいって感じだった。

その他に使用する材料は、ギョジャジャと違って比較的ポピュラーなものらしく、調合室にも置いてあった。

僕が帰って来たことに気付いたレーヌとエクエスがやって来て、用意された素材の中でも一番良質なものを選ぶ作業を手伝ってくれた。

そのおかげもあって、調合台の上には選び抜かれた良質な素材が大量に並ぶ。

リーゼさんと一緒に魔法薬を入れる瓶を入れた木箱を運んでいると、廊下が騒がしい。

なんだろうとリーゼさんと一緒に顔を見合わせていると、調合室の扉がバンッと開く。

カオツさんの胴体に体を巻き付けて強制的に連行してきたハーネが、にっこにこの顔で入ってきた。

「おいっ！　いったい何なんだよっ⁉　放しやがれっ」

あ……ハーネになにも説明せずに、ただカオツさんを連れてきてって言ったんだ。

何故呼ばれたか分からないカオツさんは、強引に連れて来られて怒っていた。

「お～い、ハーネが急に来たと思ったら、カオツを攫《さら》っていったんだが」

「ライがこっちだと俺達を案内してくれたんだが……ここは？」

ハーネの後からライが戻って来て、ラグラーさんとケルヴィンさんをここに案内してくれたらしい。

ハーネの拘束が解けてもなおイラついた表情のカオツさんや、ここに来たラグラーさんとケルヴィンさんに事情を説明する。

僕の話を聞いた三人は――特にカオツさんは、「自分が手伝えることがあるなら、快く引き受ける」と言ってくれた。

どうやら、僕とデレル君が長老達に会いに行っている間、三人は妖精国から戻ったらあらゆる伝手を使ってでも、デレル君の力になろうと話し合っていたんだって。

そんな会話を聞いたデレル君が、「……師匠達」と感動したように目を潤ませていた。

ただ、そんな会話をしてた時に突然ハーネがやってきて、カオツさんをどこかへと連れて行ってしまったのでかなり驚いた、と笑われてしまった。

「あんなことは、もう二度とすんな」

そして、カオツさんには睨まれてしまった。

はい。ごめんなさい！

「ようし、役者は揃ったようじゃの」

オレフェカさんが調合室に集まっている人達を見回してから、素材が載った調合台の両側にデレル君とカオツさんが立つように指示を出す。

それ以外の皆は、部屋の隅に下がっているようにと言われたので、三人を見守るように見つめる。

「デレ坊、この魔法薬を調合すると言う意味では、他の魔法薬とそう変わらん。じゃが、途中から流れてくる魔族の魔力がある分、かなり制御が難しくなる。一瞬でも気を抜けば、即失敗につながるからの」

「はいっ」

「魔族の兄さん、お前さんは常に一定の量の魔力をデレ坊に流してくれ。ちょっとでも多くなったり、少なくなったりすれば——それも失敗になる」

「あぁ、分かった」

そんなやり取りを聞いて、普通であればかなり難しい内容だと、ケルヴィンさんが教えてくれた。

ちなみに、デレル君とオレフェカさんが少し前に話し合った結果、魔族とともに魔法薬を調合出来る機会など次にあるかどうかも分からないから、いっぺんに調合してしまおうということになった。

しかし、妖精族と魔族は本当に正反対な種族だとよく言われている。

その種族同士がお互いの魔力を混ぜ合わせる行為は、お互いの体にかなりの負担がかかる。

だから、このかなり難しい調合を一発で成功させなきゃならない。

オレフェカさんが、デレル君とカオツさんの中間の位置に立つ。

なにをするのかと言えば、オレフェカさんは魔族の魔力を受けるデレル君の体に拒絶反応が出ないよう、魔法で抑える役割があるらしい。

この役割も魔力制御に秀でた者が行わなきゃ、大変危険な行為だと言っていた。

そしてようやく、調合が始まる。

まず、オレフェカさんの体から金色の光が溢れ出し、デレル君に向かう。

次に目を閉じたカオツさんの体から濃い紫色の光が出てきて、デレル君を覆う金色の光に溶け込むようにして、デレル君の体に吸収されていく。

しばらくカオツさんの魔力を受けていたデレル君は、閉じていた目を開けると妖精族の言葉で長い呪文を唱えた。

少年特有の綺麗な高い声が、部屋の中に響き渡る。

まるで歌っているかのような呪文だ。

唱えながらデレル君が右手を上げると、調合台の上に置かれていた素材達が空中に浮かぶ。

上げた右手をくるりと回せば、空中に浮かぶ素材が何度も重なり、混ざり合い、徐々に固体から液体へと変化する。

自分以外の人の調合を初めて見た僕は、ちょっと感動していた。

デレル君はといえば、額に大量の汗をかいていた。

それほど難しい調合なんだ。

僕は心の中でデレル君を応援することしか出来ない。頑張れ、デレル君っ！

呪文も最後の方になってきたのか、ゆったりしたものに変わってきた。

そして——パシャパシャと何度も上下左右に揺れる液体に向けて、デレル君が左手を突き出す。

それを見たリーゼさんが、別の調合台の上に置いた、魔法薬を入れる瓶が入った木箱の蓋を全て開けていく。

デレル君が突き出した左手から、金色と紫色が混ざったような光が浮かぶ液体に向かっていき、それらが混ざり合う。

混ざった液体は淡い光を放っていた。

綺麗に混ざったのを確認したデレル君は、空を切るように両手を動かし、それから拳を握る。

すると、空中に浮かんでいた液体――魔法薬が蓋の開いていた瓶の中に注がれ、リーゼさんが魔法で全て蓋を閉めた。

「……ふぃ～。これで終了じゃな」

疲れたと腰を右手の拳で叩くオレフェカさんの言葉に、僕とラグラーさん、それにケルヴィンさんが、デレル君とカオツさんのもとに行って抱き付いた。

そんな僕達に、オレフェカさんが口を開く。

「まてまて、まだちゃんと成分を調べておらん。喜ぶのは、ちゃんと調合に成功したと分かってからだ」

オレフェカさんは懐から眼鏡を取り出して装着すると、調合し終えたばかりの魔法薬の瓶を手に取り、顔に近付けたり離したりして調べていた。

眼鏡をかけて目が倍以上に大きくなったオレフェカさんは、ふぅと息を吐いてから眼鏡を外し、僕達の方を見る。

成功か、失敗か――ドキドキしながら、オレフェカさんが口を開くのを待つ。

「ふふ、成功じゃい！」

オレフェカさんの言葉に、僕達はワッと歓声を上げる。

僕達に抱きつかれ、頭をぐりぐりと撫でられていたデレル君は、胸元を握り締めながら泣きそうになっていた。

「それじゃあ、ワシは酒を飲みにもう帰るぞ」

オレフェカさんはそう言うと、僕達が感謝の言葉を伝えるよりも早く魔法で消えていった。

「おい、デレル。調合した魔法薬を持って、母親や従妹のところに早く行ってやれ」

汗だくなデレル君とは違い、いつもと変わらない涼しい表情で近寄って来たカオツさんが、出来上がったばかりの魔法薬をデレル君に渡しながらそう言った。

「そうだな！　一分でも早く、その魔法薬を飲ませて治してあげろよ」

「私達のことは気にするな」

「師匠達……ありがとうございます！」

デレル君はぺこりと頭を下げると、魔法薬を持って一瞬にしてこの場から消えた。

リーゼさんと僕達だけが残る調合室に、静けさが戻ってくる。

いつもキリッとしているリーゼさんも、今は少し疲れているように見えた。

そんなリーゼさんをラグラーさんが呼んだ。

「あ、はい」

「リーゼさん、俺達……自分達の国に帰ろうと思うんだ」

「えっ⁉」

ラグラーさんの言葉にリーゼさんが驚くも、ラグラーさんは言葉を続ける。

「これからいろいろと忙しくなるのに、客をもてなさなきゃならないのは負担になるだろう。留まっているのは悪いからな」

「そんな、妖精国にとっての恩人をタダで返すわけにはいきません」

まぁ、リーゼさんが渋る気持ちも分かるけど、今は自分達のことだけを考えて欲しいというのは、僕達全員の考えでもある。

そのことを伝えると――

「分かりました、このご恩は後ほど必ず返させていただきます」

リーゼさんはそう言って胸に手を当て頭《こうべ》を垂れたのだった。

妖精国からの帰宅

リーゼさんの魔法で暁の前まで送ってもらった僕達は、家の中に入っていった。

一階に光が灯っているのを見て居間に入ると、案の定フェリスさんとグレイシスさんは起きていた。

「え？　あなた達、こんな遅い時間に帰ってきたの？」

「てか、予定より帰国が早くない？」

テーブルの上を見れば酒瓶が何個も転がってるし、いろんな種類のおつまみも置かれている。

「いやぁ～、語れば長い話があったんだよ」

「そうそう」

「……おい、俺にも酒をくれ」

どうやら、大人組はこれから酒盛りをするようである。

「すみません……僕は疲れたので、寝ますね」

今日は本当にいろんなことがあり過ぎて、限界に疲れた。

しかも家に帰って来てホッとしたのか、眠気がマックスなり。

目がショボショボしているのに気付いたのか、皆「おやすみ～」と声をかけてくれた。

階段を上がり、二階の自室に向かっていると、クルゥ君の部屋の扉が少し開いているのに気付く。

締め忘れかなと近付いて行き、そっと中を覗けば、クルゥ君はベッドの上で毛布にくるまるようにしてグッスリ寝ていた。

明日、僕達が帰って来ていることに気付いたらビックリするだろうな、と笑いながらそっと扉を閉めた。

「はぁ……つっかれたぁー」

自室に入って、服もそのままにベッドの上にダイブする。

体が鉛《なまり》のように重い。

《我が主、そのまま寝れば風邪をひく》

帰って来た時に、家を見てから眠そうにしていた僕を心配して付いて来たレーヌが、僕の周りを飛んで注意する。
「うんうん、分かってるよ〜」
目はもうほとんど開いていないし、体も全く動く動かない。
レーヌは溜息を吐くと毛布の端を掴み、僕の体にかけてくれた。
《ハーネ、ライ。我はもう帰るが、ここからはお前達がちゃんと世話をするように》
《はぁ〜い！》
《うん》
指示を出したレーヌは、二人の返事を聞いて頷くと、エクエスを連れて巣へと戻って行ったのだった。

——妖精国から帰って来て数日後。

あの後、一度デレル君が僕達のところに来て、感謝の言葉を何度も述べた後、経過を話してくれた。

ナディーちゃんは年齢が若かったせいか進行がかなり速かったみたいなんだけど、魔法薬を続けて飲んでいたら順調に回復したらしい。

それとデレル君のお母さんも、一時は危険な状態になりそうだったんだけど、今はだいぶ良くなったんだって。

後遺症《こういしょう》も残らないそうなので、本当に良かった。

歩けるようになるには少し時間がかかるけど、リハビリを続ければ元に戻るんだと、デレル君は笑っていた。

二人以外にも病を発症していた貴族の女性が数人ほど発見されるも、魔法薬を飲んで完治したと聞いて、ホッとした。

「『人形病』の治療薬を作ることが出来たのは、ケントや師匠達のお陰です。本当に、ありがとうございました」

デレル君はきっちりと頭を下げたあと、顔を上げてから僕達を順番に見て、続けてこう言った。

「ナディーを……王女の命を救ってくれたことに対して、女王陛下は感謝してもしきれないと申していました。この騒ぎが収まりましたら、陛下から妖精国でも稀少な物品などが下賜《かし》されると思います。もちろん、俺や俺の両親からも感謝の印を送らせてもらいます」

そう言うデレル君に、一番の功労者のカオツさんが笑いながら言う。

「じゃあ、上手い酒をくれ」

「もちろん、期待していてください」

デレル君はそう言って頷いたのだった。

それとナディーちゃんが、いつかまたケルヴィンさんに会いたいとデレル君に話しているそうだ。

「え、そこはけっこう一緒に喋っていた俺じゃないの⁉」

そうラグラーさんが驚いていたが、リーゼさんと剣の稽古をしている場面をこっそりとどこかで見ていたらしく、あんなに強いお方がいるなんて……とポッと頬を染めていたとのことだ。

ちょっとだけ照れているケルヴィンさんと、不貞腐れているラグラーさんを見て笑ってしまったのは内緒である。

そうそう！

それと、デレル君と契約した『カカショコ』のことだけど、カカショコの豆からチョコレートを作り、それを使った食べ物や飲み物をシェントルさんに提供したら——帝国でまたしても爆発的な人気が出た。

アイスティーフロートと同じく、チョコレートの作り方やレシピの契約をシェントルさんとしていたから、僕のお財布にもお金がガッポガッポと入ってきたのである。

これで僕も億万長者！

とはいえ、タブレットの新しいアプリを使えるようにしたり、レベルを上げるのにすんごい金額がかかったりするので、無駄遣いは出来ないのである。

それからまた数週間が経ち、早いもので異世界に来てから一年以上が経った。

この世界に来た当初から比べたら、Bランク冒険者や魔法薬師にもなり、かなり成長が出来ているんじゃないかな？

そんなことを思いながら、いつものようにハーネとライの二人と一緒にダンジョンで魔法薬の材料を集めていた時のこと。

少し離れた場所にある木の陰に何かがいるのに気付いたハーネとライが顔をそちらへと向けた。

魔獣かなにかが出たのかな？　と僕もハーネ達が見詰める方を見て……ポカンと口を開ける。

木の陰から出て来た人物は、クルゥ君の妹――クリスティアナちゃんだった！

自分の方へと近付いて来るクリスティアナちゃんを見て、グッと拳を握る。

グレイシスさんみたいに予感がよく当たるわけじゃないけど……

「久しぶりね、ケント」

にっこりと笑って僕の方に近付いてくるクリスティアナちゃん。

その姿を見て、なぜかこれから嵐がまた到来するんじゃないかと、そんな予感がした。

月が導く異世界道中
あずみ圭
Azumi Kei
Tsukiga Michibiku Isekai Dochu
1~17
8.5
シリーズ累計200万部突破の超人気作!(電子含む)
TVアニメ第2期
制作決定!!
異世界へと召喚された平凡な高校生、深澄真。彼は女神に「顔が不細工」と罵られ、問答無用で最果ての荒野に飛ばされてしまう。人の温もりを求めて彷徨う真だが、仲間になった美女達は、元竜と元蜘蛛!? とことん不運、されどチートな真の異世界珍道中が始まった!
薄幸系男子の成り上がりファンタジー、開幕!
なんてだろう親の都合で異世界へ
2期までに
原作シリーズもチェック!
●各定価：1320円(10%税込)
●illustration：マツモトミツアキ
1~17巻好評発売中!!
とことん不運、されどチート!!
漫画：木野コトラ
●各定価：748円(10%税込) ●B6
コミックス1~9巻好評発売